LA SALA DE ESPERA AZUL

Javier González Rubio Iribarren

LA SALA DE ESPERA AZUL

Javier González Rubio Iribarren

INVICTA
PUBLISHING

INVICTA
PUBLISHING

es una división de Invicta Media, S.A. de C.V.
es una Marca Registrada de Invicta Media, S.A. de C.V.
Copyright © 2009 por Francisco Javier González Rubio Iribarren
Copyright © 2014. por Invicta Media, S.A. de C.V.
Calle Celaya 5
Tel. 555264/5036
Col.Hipódromo
06100 México D.F.
PRIMERA EDICIÓN
ISBN: 978-0991560301

A Manuel Buendía, periodista;
A Pablo Salinas, dramaturgo;
A Oscar León Camelo, sicoanalista;
maestros generosos, amigos entrañables,
con mi agradecimiento siempre insuficiente.

In memoriam

...de otro modo hubiera descubierto que el amor es como la luz del día y está únicamente en un lugar y en un momento y en un cuerpo fuera de toda la tierra, de todo el tiempo y de toda la viva humanidad que da el sol.
Palmeras salvajes
W. Faulkner

Sé que hay muchas cosas en la historia de una familia que no son hechos probados. De cualquier familia. Las historias se transmiten y las verdades se omiten... cuando todas las mentiras hayan sido contadas y olvidadas la verdad seguirá estando ahí.
No hay lugar para los viejos
Cormac McCarthy

I

"Configuraciones positivas se proyectan sobre Acuario. Sentirá ansias de llevar su felicidad a todos los que lo rodean. Esa pasión por la libertad que siempre lo ha distinguido encontrará cauce y razón. Los problemas económicos comienzan a desaparecer. Sus planes no deben detenerse bajo ningún concepto. Continúe con el mismo ritmo de vida ya que la suerte le sonríe en estos momentos en todos los sentidos. Tendrá un encuentro con una persona muy importante que quizá pueda cambiar su vida. Esté alerta. Una relación del pasado irrumpe con enorme fuerza o si es usted hombre, descubrirá a una mujer que ha tenido cerca".

Carajo ¿no seré Tauro y he vivido en el error? Diego sonrió y botó la revista en la mesa de aquella sala de espera azul claro, limpia y aséptica, refractaria al dolor que observa cada día, un tanto cínica con una televisión empotrada en un ángulo.

¿Cómo no se iba a burlar del horóscopo si en esos momentos nada coincidía con la predicción? Para empezar, su padre estaba en terapia intensiva lleno de tubos y aparatos.

La televisión, afortunadamente en silencio, era para distraer las penas de quienes esperaban que se abrieran las puertas de terapia intensiva y apareciera alguien de bata blanca capaz de dar un porrazo de esperanza o de tragedia pues tras ellas siempre ha habido alguien, como su padre aquella noche, con la vida a punto de desplomarse o de regresar a la orilla.

"Sentirá la necesidad de llevar su alegría...". Ni que fuera pastor de iglesia emergente. No podía imaginarse a sí mismo cantando "¡Oh, Señor, gracias por este dolor que me fortalece y que comparto con mis hermanos".

"Los problemas económicos comienzan a desaparecer..." No: todo indicaba que estaban por agravarse. Ni siquiera sé cómo voy a pagar la cuenta ¡gracias Señor!

Diego esperaba solo, en un silencio que todo lo envolvía, que alteraba la percepción y acentuaba la soledad del solitario. Ya había anochecido. "Una relación del pasado irrumpe con enorme fuerza." ¿Quién será? ¿Aitana? Ojalá irrumpiera. ¡Ah! irrumpir no significa que sea para bien, puede ser una fuerza devastadora. No, no necesito nada de eso ahorita.

¿Habría más enfermos en terapia intensiva? Diego no lo sabía y tampoco le importaba. Su curiosidad y su interés no estaban para averiguarlo. Si había otros, sus parientes se habían retirado, estaban cansados o quizá ya nada importaba; la esperanza es grande o está aniquilada. Mejor así: él quería tenerla toda, todas las esperanzas sólo para él, que nadie distrajera al destino al que estaba empeñado en vencer; que nadie se atreviera a colgarse de las esperanzas. Quisiera escuchar una voz que le dijera tranquilo, no te preocupes, todo va a salir bien. No es sencillo, la búsqueda está llena de trampas para dudar siempre.

Dudar es vivir, es la apuesta constante. ¿Cuál es la verdad? ¿Lo que quieres, y por eso sientes que el alma, a la vez abismo y montaña, te lo está diciendo? ¿Y si escuchas una certeza amarga: tu padre no va a salvarse, no volverán a sentarse a conversar, esa es la verdad? Diego se angustió, se levantó ansioso. Los movimientos alteran los pensamientos. Moverse rápido cuando se piensa algo desagradable es como un ritual ancestral para espantar el mal pensamiento, asustarlo para alejarlo antes de que nos asuste más.

Caminó en la sala de espera, salió al pasillo, vereda de paredes azules hacia el mundo del hospital, de otras secciones, de las escaleras, de los elevadores. Nada capaz de equipararse a un paseo en libertad. No debía desesperarse, no lograba nada porque nada estaba en sus manos salvo lo que pudiera hacer para sí mismo. Su padre estaba en manos de Dios. Todavía no te lo lleves, por favor. Quizá simplemente no quiero quedarme solo, quiero tener a mi padre.

Todo empezó en la mañana de aquel día sin fecha cuando desde la cama, mientras Beatriz dormía a su lado,   escuchó en el celular, extraña, perdida y débil, la voz de su padre, una voz iniciando el descenso.

-¿Qué tienes, cómo te sientes?-

-Pues no sé, me duele un poco el pecho- respondió su padre queriendo estar bien, sin saber lo mal que estaba.

-Voy para allá- . Colgó.

Diego se levantó disparado de la cama y empezó a vestirse apresurado.   Beatriz se despertó sobresaltada. ¿Qué tienes? ¿Qué pasó? ¿A dónde vas? le preguntaba Beatriz, primero extrañada y luego exigiendo una explicación, mientras él se ponía los pantalones y ella se ponía una bata con ese pudor que a veces da el levantarse aunque se haya pasado la noche encuerado,; lo persiguió al baño donde él se mojó la cara, se lavó las manos, hizo buches de agua mientras escuchaba sin querer escuchar las preguntas de Beatriz, para su bien su amiga y no sólo la directora de producción de la estación de radio donde él colaboraba y que podía darle órdenes. ¿Qué pasó? ¿Quién te habló? ¡Dime algo, carajo! Me tengo que ir, luego te explico. Como era de esperarse, En su desconcierto, Beatriz no ocultaba una preocupación real. Ningún hombre, a menos que esté casado, se levanta y se va corriendo de la cama de una mujer sin darle ninguna explicación. Por supuesto, ella no sabía nada del padre de Diego, y lo primero que le pasó por la cabeza fue que "otra" amiga o quizá su ex esposa, lo estuviera llamando. Diego se peinó como pudo y salió del baño con Beatriz persiguiéndolo. ¿Quién te habló? ¡Cuánto misterio! La miró un instante casi extrañado y no le contestó nada, además de que no estaba dispuesto a ponerse a hablar de su padre y a develar el secreto guardado desde que lo encontró, meses atrás. Y salió y bajó apresuradamente las escaleras. Beatriz se quedó sin respuesta válida alguna porque ese "luego te explico" le pareció una escapatoria para ganar tiempo e inventar algo. Su último recurso fue decirle que parecía niño, y él ya no la escuchó. Diego se habría puesto igual o peor en una situación semejante: los celos, como es sabido, no tienen sexo.

Encontró a su padre sentado en la cama, agachado, sin poder moverse. Solo.

Le alcanzó a escuchar que quería ir al baño. Intentó levantarlo, su padre no tenía fuerzas, era un fardo. Aunque delgado, pesaba mucho, por ser un cuerpo inerte. Los ojos hundidos, los labios resecos, la respiración agitada y lenta. Apenas alzó la cabeza y con sus ojos tristes pretendió tranquilizar a su hijo; todavía tuvo fuerzas para una dádiva.

– Orínate, papá, no importa.

¿Cómo no iba a importar? Diego no pudo evitar pensar aunque fuese fugazmente en el cochinero que se haría si su padre se orinaba: el pantalón de la pijama mojado, el olor repugnante, la cama empapada, y el esfuerzo que requeriría cambiarlo de ropa en esas condiciones.

Sin embargo, pasó el peligro y la frase en vez de orden quedó como gesto noble porque orinar es un esfuerzo que requiere miles de señales en el cerebro y para eso se requieren cuerpo y cerebro y voluntad y su padre estaba perdiendo todo, apenas le quedaba una mirada hacia su hijo, una mirada de súplica y miedo. Diego llamó a una ambulancia. Explicó, urgió. Y debió garantizó también cuál iba a ser su forma pago. No tardaron. En el elevador no cabía la camilla. Dos camilleros y él colocaron a su padre en una silla de ruedas. Manuel Alatorre había cerrado los ojos llevado por la inconciencia.

El temor y el asombro no dejaron en Diego espacio para el dolor; éste vendría después, cuando las emociones se reacomodaran. El dolor ocupa mucho espacio, no tolera estorbos y Diego no podía dejarlo pasar porque lo absorbería.

La ambulancia era un encierro y nadie adentro sabía por dónde iba ni cuánto tiempo faltaba para llegar al hospital que tendrá la última palabra sobre ese hombre que empezaba a estar muerto a los 64 años.

Diego se aferraba a la certeza de que su padre resistirá porque él llegó a tiempo, porque su padre fue capaz de hablarle antes de precipitarse en otro mundo ajeno para todos los demás, insondable. Un mundo apenas detectado por los aparatos sólo con pulsaciones y líneas fluorescentes en pantallas luminosas, incapaces de saber lo que sucede allá adentro del alma, del sueño, del vacío del mundo, en parajes prohibidos para la ciencia, paisajes de la fe.

Le acarició la frente, lo observó casi sin parpadear; le daba ternura y se le humedecieron los ojos, como si su padre fuera un niño. Nunca se imaginó así, llorando ante él. ¿Cómo iba a imaginarlo si su padre estaba muerto? ¿Si había estado muerto desde antes de que él naciera y había resucitado apenas unos meses atrás? Tenía miedo por su padre, por él mismo y le apretó la mano, para darle confianza, para darse confianza él mismo.

No te vayas, papá, no te vayas, aguanta. Estaba seguro de que la muerte, aunque estuviera cerca, quizá sólo se divertía haciéndole una finta. ¿Se conmoverá la muerte? Se han dado casos. Y ha sucedido en muchos cuentos, en muchas novelas, en muchos de aquellos libros que su padre, ese hombre ahí quieto y callado, le regaló desde pequeño, cuando él ni podía imaginar siquiera que los mandara su padre porque a su padre se lo había matado la madre que recibía los paquetes. El padre también aceptó aquella muerte con resignación, hasta con comprensión. Y la aceptó muchos años hasta el encuentro con su hijo y ahora se le estaba muriendo casi en los brazos, en vivo, de cuerpo entero, no con palabras.

Su pulso era débil, no hacía falta la opinión del paramédico. Uno de los aparatos era bastante claro, su sonido no dejaba lugar a dudas. En un segundo, sólo en un segundo, podía detenerse todo, acabarse, dejar a la esperanza flotando en el aire sin paracaídas. Ese segundo no llegaba. La muerte parecía indecisa. Diego se aferraba a su padre. No quería que se le muriera ese día, ni el siguiente, no, después. ¿Cuándo? No quería saber cuándo. Nunca. Había muchas cosas pendientes entre ellos. Siempre quedan pendientes en las vidas; cada vida es también una parte importante de otra. ¿No le quedaron pendientes con su madre? Muchísimos. Y para colmo más todavía desde que encontró a su padre. Nunca sabemos toda la verdad de nada, a veces ni nuestras verdades más profundas; ellas nos hacen actuar de formas inesperadas. Ni cuando se escucha la frase *Te amo* se conoce toda la verdad, porque quien la pronuncia en realidad tampoco la conoce; esa frase tantas veces dicha desde que se inventó el lenguaje ni siquiera una vez en la vida ha significado lo mismo pronunciada por otros labios, por otra voz, por otras lágrimas, en otro sueño, a otra persona.

No te puedes volver a morir después de tan poco tiempo de haber resucitado. Vas a estar bien, papá, ya verás. Sólo va a ser un susto del carajo.

Su padre entró a urgencias y Diego entró a la espera y a la incertidumbre y tuvo que hacer trámites, hacerle otro boquete a la tarjeta de crédito. No quisiera pensar en el dinero, tema prosaico y de mal gusto, aunque era inevitable, sobre todo estando subempleado, y más en los hospitales privados donde hasta el aire se contabiliza en una computadora registradora en la que no suenan campanas como en las cajas de antes; su silencio es más aterrador. ¿Tendrá dinero mi papá? Vive bien, su departamento es elegante, caro. Ojalá. Ya veremos.

Tenía la boca seca. Un cubo metálico le arrojó una Cocacola que bebió apuradamente. En los hospitales privados nunca hay mucha gente en urgencias. El personal tras los mostradores mantenía una calma irritante. Diego rezó completo el Padrenuestro, sin querer que se hiciera Su voluntad, si fuera la muerte de su padre. Le rezó para que lo salvara, casi le exigió: nada de arreglos y sumisión; hasta se atrevió a intentar chantajearlo: no me quites a mi papá, déjamelo otro rato, hace tan poco tiempo que lo encontré, no se vale.

La Cocacola lo reanimó. Sin embargo no pensaba en otra cosa que en la espera, ningún recuerdo, ninguna otra idea ocupaba una sola neurona de su cabeza. Quería pensar en otra cosa, y no podía, cualquier idea pasaba fugazmente sin lograr quedarse, imágenes como bólidos de fórmula 1 en una pista interminable. Todo él era espera, él era una sensación de espera, de espera, de espera, de espera…

Hasta que apareció un médico decepcionante. Pocas cosas peores que ver a un médico joven para que de una esperanza, y más aún porque era más joven que Diego, muy formal como todos los doctores, y hablándole de usted le dijo que su papá estaba, en resumidas cuentas, hecho un desastre con neumonía, insuficiencia respiratoria y una infección en el hígado. Esto de la infección o enfermedad del hígado fue lo que no pudo ni medio entender en una riqueza de vocabulario impresionante que incluía palabras como venoclusión hepática, trastornos mieloproliferativos y ascitis, al parecer una hinchazón del abdomen debido a la presencia de líquido ¿dentro del hígado o del abdomen?, esto ya era lo de menos y si era lo de más pues quién sabe.

Si algo quedaba claro era que ninguna de esas palabras quería decir que su papá iba a estar bien, que estaba fuera de peligro, nada. Diego ni siquiera intentó obtener una explicación más comprensible, no valía la pena, sólo quería decirle al doctor, está bien, mi papá está jodido, y con otras palabras se lo dijo, qué le van a hacer,. Lo pasarían a terapia intensiva, vendrían otros especialistas, iban a atacar la neumonía y la infección del hígado – que por supuesto tenía un nombre horroroso e incomprensible- y procure estar tranquilo porque vamos a hacer todo lo que podamos.

II

Casi con temor encendió el televisor de la sala de espera con el volumen apenas audible para que algo del mundo penetrara en esa cápsula antiséptica, inconmovible ante todas las emociones que se expresaban en ella, cómplice indiferente al dolor y a la esperanza. Qué bien le hubiera caído una película de Bruce Willis. Imaginarse que Bruce Willis era el médico de su papá y que lo salvaba, toda una soberana tontería. Los héroes no existen. Recordó aquel artículo "El día que no llegaron los héroes" escrito por uno de sus amigos y que había dado la vuelta al mundo y permanecía en Google, después del atentado del 11 de septiembre. Si ese día no llegó Superman, que era cuando verdaderamente se le necesitaba, tampoco lo hizo Bruce Willis que nunca ha volado, así mucho menos iba a llegar al Sanatorio Español por más que se le dieran las señas de cómo hacerlo: mira, en el aeropuerto te tomas un taxi, se vienen por el Circuito Interior, luego entran a Ejército Nacional y ahí te lo vas a encontrar, aquí te espero, no tardes. Además, tenía claro que por muy bien que le cayera Bruce Willis nunca había hecho un papel de doctor, ese había sido George Clooney en ER. Al menos divagando Diego se distrajo unos momentos y salió con la mente de aquella sala de espera azul en la que además hacía mucho calor y no se veía una rendija de aire acondicionado por ningún lado. Y en la tele no había nada que valiera la pena, era mejor ensimismarse que ver alguno de aquellos programas.

En su casa podría verla, pero no hubiera sido prudente irse y dejar a su papá ahí, en terapia intensiva porque en una de esas todas las oraciones y la confianza y la esperanza y la mentalización no funcionaban y el pobre viejo se moría y se acababa la historia del encuentro del hijo con su padre cuando apenas estaba empezando y Diego no se habría perdonado nunca estar durmiendo en su casa y recibir la llamada de una enfermera con voz medio afligida y diciéndole "Fíjese señor que su papacito acaba de fallecer". No, no, Diego alejó ese pensamiento con un gesto negativo de la cabeza, como si esa sacudida lo echara al suelo y lo desintegrara para siempre. Y tampoco quería ir a su casa porque le daba miedo estar solo, le tenía miedo a otro de esos momentos como cuando si había tenido un día malo o depresivo y llegaba   a su casa, silenciosa, encendía la luz y sentía el peso abrumador de la soledad y el silencio y se ponía a dar de vueltas en la casa con cualquier pretexto como queriendo darse ánimos inútilmente y luego se echaba en la cama y encendía la televisión con desgano y aburrimiento y estaba cambie y cambie de canal sin encontrar nada que valiera la pena y luego ponerse a leer sin placer alguno. Tenía miedo de sentirse más solo y debilitarse. Le quedaba el recurso de dejar que fluyeran las lágrimas, total, nadie lo iba a ver en esa sala de espera abandonada, faltaban miles de horas para que se poblara de tristes, acongojados y parientes dicharacheros de los demás agonizantes. No, las ganas de llorar todavía no eran tan grandes, en realidad estaba viviendo un aturdimiento ante las circunstancias sin saber bien a bien qué sentía realmente más allá del deseo, del anhelo de que su padre se recuperara.

Los pensamientos tienen su propio camino y su propia oportunidad, y tanto estar buscando uno que lo distrajera   de pronto pareció como si desde la distancia Aitana dijera ésta es la mía y se le coló en el recuerdo con imagen sonriente y a colores. *Te me fuiste como arena entre las manos*, como si lo estuviera viendo preparado para tomarle una fotografía. *Yo, hecho una ola débil llegaba arrastrándome hasta tu cuerpo sin poder quedarme en él*. Mi esposa, pensó y dijo, palabras que le sonaron resecas, arena en la lengua. *Todo entre nosotros se volvió espuma y sal*. No son dulces ni amargas: mi esposa, repitió con una pizca de ironía medio autocompasiva, como si esa frase se diluyera en la distancia *Navegamos sin esas balsas que a veces son las mentiras en las travesías que se quieren largas*. Surgió un espacio en la memoria para dar paso a la nostalgia que lo empezó a cubrir lentamente: crema helada que se derramó desde su cabeza.

Encallamos en las rocas de las palabras que no tienen reverso. Te me fuiste como arena entre las manos. Ella se fue por no sentirse amada a pesar de que él la amaba con toda la intensidad que podía, que no era suficiente porque ni él sabía que así no se ama, que lo que se puede no es suficiente, no basta. El lo supo siempre, aunque no quisiera saberlo. *Y una noche de tormenta me quedé como un mar oscurecido extrañando la luna para siempre.*

Una nueva ansiedad lo invadió, un nuevo miedo: sintió que se parecía a su padre y no quería ser como ese hombre al que quiere tanto y al que desea vivo.

Llevaba tiempo creyendo, diciéndose que su padre había sido un egoísta; semanas queriendo quererlo a pesar de todo y convenciéndose de la necesidad de entenderlo y aceptarlo como era porque además le caía muy bien, y también por momentos deseaba mentarle la madre, decirle que era un hijo de la chingada por no haberlo buscado nunca.

Para huir del resentimiento que lo abordó, se preguntó cómo habría vivido su padre en esa soledad que escogió después de sus triunfos? Encontró el vacío. Un vacío diferente al que perseguía a Diego y empezó a inundarlo todo desde que murió su madre o desde antes, desde que se fue Aitana… o tal vez desde siempre porque ese vacío era un profundo sentimiento de desolación *Y en esa oscuridad de agua murmurante, una luz lejana aparece por instantes, tu recuerdo como un faro en la lejanísima distancia.*

El tiempo que, como siempre han dicho los viejos, los pacíficos y los optimistas, todo lo pone en su lugar lo hizo comprender que Aitana en verdad lo amaba, y no, no era la fantasía de la distancia. El amor resulta muchas veces incomprensible porque exige demasiado y todo el mundo cuando se enamora cree que no hay exigencia, que todo se da así, naturalito, sin el menor esfuerzo, y luego vienen los frentazos. No estamos preparados para amar, dijo alguna vez Diego a sus cuates Carlos, Pepe y Chucho en la cantina, en esas reuniones en las que tanto se reían, en las que hablaban de cine, mujeres y fútbol, conversaciones en las que en lo único que coincidían era en odio al América y los Tecos y en su incapacidad para entender a las mujeres, cosas que quedaba entre ellos, y no salían de aquellos rincones con vino, whisky, ron y cigarros porque después, al terminar la comida o la velada, todos iban corriendo a los brazos de la mujer que tuvieran y los que no tenían aceptaban la pena de la carencia. Diego asumió mucho tiempo que Aitana siempre había esperando en la acera de enfrente. ¿Dónde leí aquello de que el amor que queda quieto encarcela? ¿Cómo iba ese poema? El no fue capaz de atravesar la calle, había mucho tráfico y la esquina parecía muy lejana para llegar hasta ella, cruzar y caminar de regreso para encontrarse con Aitana. Los atajos nunca funcionan y hay caminos que ni se andan ni se desandan.

Diego suspiró, se cansó de todo ese revoloteo de ideas, de reflexiones, quería dormir. De seguir así, las emociones iban a desbordarlo y no sabía nada más del estado de su padre.

Cerró los ojos más obedeciendo una orden de su cuerpo que tomando una decisión y se quedó dormido despatarrado en uno de aquellos sillones de la sala de espera azul. Fue un instante o al menos así le pareció hasta que a lo lejos, como un murmullo, alcanzó a escuchar una voz lejana que le decía Buenos días. Se enderezó sin querer encontrar a la mujer que le había dirigido el saludo y su mirada fue redescubriendo el azul de la sala de espera. Si hubiera estado más conciente le hubiera preguntado qué tenían de buenos, Quería dormir otro rato. Cerró los ojos queriendo recuperar el sueño; se lo impidió la enfermera que volvió a pasar rápidamente como un duende repitiendo Buenos días. La frase le hizo recibir la señal de que ya no se podía volver a dormir; la vida en el hospital había comenzado de nuevo. Estaba entumido, cansado. Miró el reloj. Las 6.10 de la mañana. Faltaban por lo menos dos horas para que pudiera ver al doctor que atendía a su padre. Se metió al baño, se miró al espejo y no tuvo una opinión muy alentadora sobre su apariencia; se echó agua en la cara, hizo buches y como pudo se peinó con los dedos. Ante todo el estilo, o lo que quedara de él. Decidió ir a la cafetería, se moría de sed y de ganas de un café.

No había nadie en el lobby del hospital. Llegó a la cafetería y tampoco había gente a pesar de que funcionaba las 24 horas. Se la tomó con calma y pidió café, jugo, huevos revueltos. Nunca había sido muy bueno para madrugar. Comprendió que su padre seguía vivo. Quizá ya estaba fuera de peligro, anheló.

A los pocos minutos llegó una pareja de jóvenes médicos, seguramente de los que hacen su internado en el hospital. Se miran con amor porque el cansancio no ha quitado brillo en sus ojos o porque se han metido cualquier cantidad de pastillas para no dormir y la mirada de ella es, sobre todo, íntima, la mirada de una mujer que como dirían antiguamente, se había dejado conocer por ese hombre. Y lo conocía. ¿Esa noche? ¿Las anteriores? ¿Eran novios, amantes?

A Diego le causaba una sensación placentera verlos. Lo sacaron de sus pensamientos y su agobio, y al ver a la mujer feliz la empezó a encontrar más atractiva. A las mujeres se les nota el amor, el enamoramiento, lo irradian, y hasta a las feas, a veces, las puede volver hermosas. Diego sonrió porque además esa mujer no tenía nada de fea.

Se sentaron en una mesa frente a él; ella quedó de espaldas, carajo. Una mujer que se echa hacia adelante para hablar con el otro y se queda así unos momentos. Dedujo que le tomaba las manos, que mutuamente jugaban con sus dedos. Quién sabe cómo habría sido su noche; ahí estaban ligeros y alegres. Le hubiese gustado escuchar qué se decían.

¿Cuántas veces había estado él mismo en una situación semejante, en ese estado de gracia del enamoramiento, siempre fugaz por más que dure, en ese jugueteo feliz que hace invisible y lejano el mundo?. Su cuerpo se sintió inundado por la necesidad de una mujer. ¡Lo que faltaba! Quisiera tener enfrente una mirada límpida y brillante de una mujer dispuesta a acariciarlo con ternura, a apretarle la mano, a sonreírle por el gozo de verlo y de tenerlo cerca, una mujer ante la que pudiera estar callado mirándola y así hacerle sentir que estaba con ella en el más amplio sentido de la palabra estar, que él no necesitaba llorar para que ella entendiera sus dolores y si lloraba no tendría la menor vergüenza sino el alivio divino de hacerlo acompañado. Y otra vez el recuerdo de Aitana... y otra vez le da vueltas. ¿Y si sólo estoy pensando en ella porque la necesito ahora? Si estuviera con alguien a la mejor ni pensaría en ella. No tiene nada de malo querer estar con ella. Bueno, igual y me manda al carajo. Quizá ya vive con alguien... Hablarle a Aitana. Interrumpir el olvido y hacer que parte de su camino andado sea inútil con todo el esfuerzo que costó. ¿O le hablaría a Cecilia porque le daba menos miedo hacerlo? ¿Le hablaría porque la quería? No, a ella sí no la quería, le gustaba, nada más. Sólo puedo ser tu amigo, le dijo un día que ya no pudo disimular, que ya no pudo hacer el amor con ella. Lo siento. Y ella no aceptó y no se volvieron a ver nunca, ni a hablarse siquiera. ¿Se imaginará Cecilia cuántas veces me he masturbado pensando en ella? Lo que sea de cada quien estaba muy buena. Diego sonrió para sí mismo mientras la pareja de doctores se levantó de la mesa y ella se fue caminando derecha, ágil, joven y enamorada; el amor no le cabía dentro y todos sus movimientos lo expresaban y Diego la admiró y cuando ya la perdió de vista le dio el último trago a su jugo de naranja y regresó a la sala azul a esperar al doctor que le diría lo que tuviera que decirle. Y volvió a pensar en Aitana, ahora con deseo, porque además le gustaba mucho. Para sentirse menos culpable de ese deseo tan legítimo como inoportuno, miró el rostro de Aitana, que apareció casi borroso, como esas imágenes de los sueños que al despertar uno quisiera retener, que no se quedan del todo y a veces no se van nunca. Para su fortuna también recordó con toda nitidez aquellas piernas bellas y sensuales.

III

Aquella vida en mucho le había sido ajena y ahora quería con toda su alma compartirla y hacerla propia.

No fue tan difícil encontrar el teléfono de su padre, y menos por esa teoría de redes según la cual cada seis personas una conoce a alguien que tú conoces. Lo difícil fue atreverse a hablarle. Esperó más de una semana para hacerlo imaginando muchas formas de iniciar la conversación. Supuso rechazos, negativas; imaginó también encuentros de películas de Hollywood con música de fondo de John Williams. No, de Eddy Dutchin. De adolecente le gustaba mucho *Melodía inmortal* y la veía en video. Lloraba al ver a Tyrone Power tocando *Palitos chinos* con aquel niño japonés desamparado, y ver a aquel padre recibiendo con sorpresiva y muda emoción al hijo hosco, temeroso y a la vez anhelante, que se metía en su cama para protegerse del miedo por una tormenta.

Tenía miedo; temía a lo bueno y a lo malo que surcaba su imaginación. Veía el número telefónico una y otra vez. Cuando se decidía a hablarle el miedo se lo impedía. Sin embargo se repetía, convenciéndose, resulta que tengo papá... tengo papá. ¿Qué se hace con un papá? Era una especie de aventura porque además se trataba de un hombre lejano al que admiraba porque había visto sus películas. Es como si de pronto resultara que Elizabeth Hurley o Andy McDowell es tu prima... sí, sólo tu prima, mejor así, se ríe. De veras que en todo momento uno puede pensar pendejadas. Sorpresas te da la vida, como decía Pedro Navajas, que en paz descanse.

Diego parecía dispuesto a encontrar, a perdonar, intentar ser feliz con un hombre que por su ausencia muchas veces le había causado desamparo. Quería verlo, sentarse frente a él, darse la oportunidad del encuentro, de la atracción, de las posibles afinidades.

¿Y si me cae mal? ¿Y si a la hora de la hora todos mis razonamientos se van por el caño y resulta que estoy más herido de lo que creo y todo se vuelve rabia? ¿Y si ahora resulta que hasta hermanos tengo?

Manuel: creo que ha llegado el momento de poner ciertas cosas en su lugar, quizá simplemente por el bien de mi conciencia, de mi paz interior. Hace poco más de 40 años que no te veo. Espero que sigas bien, no, lo deseo de todo corazón.

Durante todos estos años impedí que te acercaras a Diego, decidí que era sólo mi hijo, que tú también así lo habías querido. Hoy sé que nada ni nadie puede sustituir la ausencia de un padre, como estoy segura que tampoco la de la madre. De todos modos, creo que hay heridas que se pueden reparar y tú podrás hacerlo con Diego; sólo te pido que esperes unos meses para buscarlo a partir de que recibas esta carta. Ojalá y lo hagas.

Te preguntarás por qué no le digo la verdad a estas alturas, y te respondo simplemente que porque no puedo, ya no tengo fuerzas.

Otra vez, te deseo que estés bien.

Teresa.

Por la mañana temprano, Diego, tembloroso, con los oídos zumbándole de los nervios, marcó el teléfono de su padre. Sonó tres veces. Finalmente, Manuel Alatorre dejó de leer la carta, esa carta leída y releída ya no sabía cuántas veces, y contestó el teléfono. Diego   estaba a punto de colgar, buen pretexto para posponer el diálogo, pero una voz masculina, mayor, de tono agradable y suave respondió.

   -¿Diga?

   -¿Manuel Alatorre?

   -¿Quién habla?

   -Diego, su… tu… Soy Diego.

El silencio se atravesó como un cometa arrastrando una cauda de sorpresa, duda e incertidumbre refulgentes en el asombro.

   -No estoy para bromas

-Yo tampoco… de verdad, créame –Diego tenía la boca seca, nunca se imaginó que la boca pudiera secarse tanto, intentó tragar una saliva que no tenía-. Yo estoy nervioso. Y le juro que todo esto me da bastante miedo.

El silencio colocó las piezas lentamente.

-¿Cómo estás?

-Yo bien… ¿Y usted?

Diego no tenía la menor idea de lo bien y tranquilo que estaba ese hombre hacía unos minutos y que ahora había empezado a sudar, y casi no tenía fuerzas para sostener el teléfono y que iba a intentar llevar esa conversación de la mejor manera posible para no atragantarse de una emoción que podía acabar derrumbándolo.

-Pues también, aunque un poco… mayor, sí, todavía no me considero viejo -¡Qué sigue¡ ¡Qué sigue ¿Qué digo? Piensa apresuradamente-… y ya no me dejan fumar. ¿Tú fumas?

-Sí, pero nunca he fumado mucho.

- Mmm, entonces debes tener otros vicios –soltó una risa juguetona que necesitaba, como una rama frágil en un pantano.

Diego se hizo eco de la risa mientras sentía un ligero temblor en sus piernas.

- No, de verdad que no, en esas cosas he sido bastante bien portado...

- Ya veo…

No, no veía nada, no sabía nada, no entendía nada, ¿a quién le importa si su hijo de 40 años fuma o no fuma?

- ¿Y bebes? A mi me gusta el whisky; era muy cubero; ya evolucioné. También

me gusta mucho el vino.

- Sí, sí bebo, y me gusta el whisky. Yo creo que usted es de la generación de las

cubas ¿no? Sesentero del guacardí, como decía José Agustín.

¡Uta qué diálogo! ¿Y si está medio loco? ¿Y si yo soy un pendejo?

Manuel no respondió, pareciera que se hubiese quedado pensando la respuesta. Nunca consideró lo de las cubas de esa manera. Otra vez el silencio quería participar. Diego se atrevió a empujarlo y soltó la frase.

- Quisiera verlo... verte.

- ¿Quería o quieres? – Manuel sonrió para simular su emoción.

- Quiero... es... quiero verte.

-Ah, pues está muy bien. ¿Te parece que comamos el jueves? No se atrevió a decir mañana, ven ahorita, no te tardes, no, no se atrevió, era demasiado, tenía que recuperarse, la irrupción había sido muy fuerte, alevosa. Casi con ganas de decirle No se vale, hijo. ¿Te puedo decir hijo? Mejor el jueves.

- Sí, sí está bien. Dígame... dime dónde.

- En mi casa. Anota la dirección...

Diego, nervioso, anotó.

- Yo como temprano, a los dos ¿te parece?

- Sí, como diga.

- Pues aquí te espero. Nos tomaremos un vino. No tenía un buen pretexto desde hace unas semanas... Hasta el jueves... No se te olvida ¿verdad?

- No, no se me olvida.

Los dos colgaron y Diego se siguió de filo en su imaginación. ¿Cómo crees que se me va a olvidar? Van a ser las 48 horas más largas de mi vida. Debí haberte dicho que mejor mañana, de una vez... tengo que prepararme, reponerme de esta conversación. No entiendo, me hablaste como si hubiéramos hablado ayer, como si lleváramos toda la vida hablando.

Me gusta tu voz. Tengo que alcanzar a mi corazón que va a todo galope. ¡Uta, el que necesita un whisky soy yo! ¡Ya la hice, mamá, le hablé a mi papá!

Manuel se dio cuenta que tenía la carta en la mano, la observó, miró la fecha... había pasado poco menos de un año, ya no importaba; la dobló cuidadosa, amorosamente, sonrió. ¡Carajo, le pude haber dicho algo más inteligente! Va a creer que soy un senil. ¡Carajo!.

Aquella noche el sueño de Diego se perdió entre la ansiedad y los saltos sobre un tendedero de dudas, ideas, imágenes y suposiciones. Leyó, como siempre, pero sin fijarse en nada, pasando páginas mientras su imaginación trataba de descubrir el rostro de su padre pues sólo lo había encontrado, joven, en una revista de hacía años. Descubrió rasgos comunes. Hizo y deshizo diálogos hasta que por fin entre los párpados se le fue colando el sueño, con esa piedad ocasional, y poco a poco se lo fue llevando hasta un paraje en el desierto por el que conducía un taxi sin miedo pero con asombro ante aquella inmensidad dorada y candente que parecía acogerlo generosamente. Dio vuelta ante una pequeña meseta equivocada y comprendió que la ciudad había desaparecido por completo atrás de él. Sin embargo el viaje era placentero y conservó la certeza de llegar a su destino, un lugar de cuyo nombre no se acordaba sin tenía la menor duda de su existencia. Empezó a cantar y a tararear *Tiiiime is on my side, yes it is, tantarantántán, tumturumtúntún...* En medio del desierto apareció una miscelánea de madera y en ella se detuvo para tomar una Coca cola y obtener alguna orientación. La atendía un anciano con calva reluciente y barbas opacas, de ojos avispados; con las manos en el mostrador le sonrió con picardía y como si se aprestara a dar un salto, le dijo: ¡No me diga! ¡Le apuesto la Coca cola a que se perdió! Diego se unió al buen humor del viejo: Entonces voy a tener que pagar dos ¿verdad? El tendero soltó una carcajada y de debajo del mostrador sacó una Coca cola y se la ofreció. Le supo deliciosa. Así que no es de por aquí, le dijo el viejo sin perder la picardía. Discúlpeme, le responde Diego, de por aquí no creo que sea nadie además de usted.

No se crea, hay más gente de la que se imagina, luego se esconden, no les gusta que los vean los desconocidos. Nadie se esconde mejor que los perdidos. ¿Alguna vez alguien se le ha acercado y le ha dicho 'Ayúdame, estoy perdido'? Diego se sorprendió sin entender muy bien. Vio un teléfono y se acercó a él. Era de tarjeta. ¿Tiene tarjetas? No, respondió el viejo. ¿A quién le pensaba hablar? En realidad a nadie, le dijo Diego casi para sí mismo. Para la próxima vez que venga le voy a tener una. Aunque el teléfono no ha servido nunca, la gente nunca se puede comunicar por ahí. Gracias, respondió Diego tratando de entender aquel galimatías.

¿Me puede decir cómo salgo de aquí? Muy fácil, nomás siga su camino. Y el viejo soltó una carcajada festiva, cariñosa y burlona. En el desierto luminoso empezaron a escucharse ruidos apenas perceptibles.

Diego se despertó sobresaltado. Todavía podía ver con claridad el rostro del hombre de la miscelánea, recordaba el desierto. Tenía sed.

Pasados unos segundos llegó violento su miedo a la oscuridad de cuando era niño y su abuela tenía que acompañarlo al baño. Encendió la lámpara, respiró agitado. La luz de la lámpara era tenue, no tapaba por completo la oscuridad, no alejaba el miedo. Diego sentía su corazón y las palpitaciones hacían que pareciera escucharlo.

Tienes miedo de tus impulsos, de tu resentimiento. Temes echar todo a perder. Estás enojado con tu padre y tienes razón. No eres el primero, ni mucho menos, que está enojado con su padre, con su madre; malo que te engañaras. Tienes cien razones para estar enojado, razones que difícilmente van a entender razones. Tienes miedo de ti, Diego, ese es el miedo a la oscuridad. Agua, necesito agua.

Se levantó; su corazón abandonó el galope y pasó al trote. Se sirvió el vaso de agua. Esas noches siempre son muy largas.

IV

Diego tuvo la necesidad de reunirse con sus amigos para soltar todo, para desahogar tantas ideas, humores y temores danzando en su cabeza y que ellos le ayudaran a jalar las riendas y a poner por lo menos algo en su lugar. Así que se fueron a La Guadalupana a escuchar las noticias de Diego.

Soy un bastardo, les dijo para empezar y todos soltaron la carcajada. ¡Ya lo sabemos desde hace mucho! No, quiero decirles que soy hijo natural… tengo papá… está vivo y se llama ni más ni menos… ¿Quién es el padre de Diego? Interrumpió Chucho con voz de misterio y burla. Manuel Alatorre. ¡No mames! Fue la primera expresión que soltó Pepe. Se quedaron oscilando entre el pasmo, la incredulidad y la sorpresa

Chucho fue el primero en expresar lo que más o menos los demás pensaban: está cabrón que a alguien se le aparezca un padre a tu edad. Diego contó la historia pausadamente. Habló de sus dudas de adolecente, de sus preguntas sin respuesta, explicó cómo su mamá había querido proteger su propia honra a toda costa, cómo no quería que nadie supiera que había sido madre soltera, educada en buena familia católica aquel embarazo debió haber resultado casi imperdonable. Todos nos confundimos muchas veces creyendo que todo el mundo es como la pequeña parcelita que nos rodea; si todavía hoy se hacen muchos desmadres en la familia cuando la niña sale embarazada, pues imagínense en 1968 aquí en México, y más si están solas la madre y la hija, si no hay padre. El "qué dirán" debió haber sido pesadísimo. Así que ya no soy Diego Estrada, sino que soy Diego Alatorre, aunque Diego Alatorre no exista, nunca ha existido. ¿Existirá? ¿Cómo ven? Ahora me da risa, pero qué desmadre. Yo mañana puedo ir con un notario y demostrar que soy otro, o quedarme con las dos identidades. No se crean, en medio de todo siento raro. Sólo falta que yo no haya nacido el año o el día que dice el acta de nacimiento y no voy a poder tener mi carta astral.

Botaron la carcajada, aceptaron la probabilidad. Y lo peor de todo era que ahora los astros no le iban a poder deparar el futuro a Diego Estrada sino a Diego Alatorre, o al revés, o quizá a ninguno de los dos. Y más carcajadas.

Diego siguió. Necesitaba expresar la tristeza que sentía porque su padre no lo hubiera buscado nunca.

Carlos salió al quite: es normal que te sientas así, también piensa que entre tanta mentira y tanto rollo no sabes qué pasó. A la mejor sí te buscó y tu mamá no quiso que estuviera cerca de ti, esas cosas pasan, ya lo sabes, más con una mujer herida y orgullosa como tu mamá. Yo creo que no te debes torturar, espérate a hablar con él.

Lo importante es que lo encontraste, que lo vas a ver, y me parece poca madre – Pepe estaba verdaderamente entusiasmado.

Y también siento como que estuviera traicionando a mi mamá y a la vez me da mucho coraje con ella.

Debes verlo, lo que pase, cualquier cosa, como algo bueno para ti –comentó Chucho. Creo que debiste haber tenido esta oportunidad hace mucho. Tú tienes derecho a encontrarte con él, y a lo mejor dista mucho de ser el hijo de la chingada que has supuesto o que te hicieron creer. O a la mejor sí lo es y ya. En fin, no te estoy diciendo nada que tú no hayas pensado...

Y ya no pienses en tu mamá, en por qué hizo esto o hizo aquello, lo mismo con tu papá opinó Carlos. Ahí sí creo que nunca vas a saber de verdad qué sucedió. Todos los padres la cagamos siempre en algún momento, ya se sabe, pero nadie se jode a un hijo a propósito, así que ni te enojes con tu papá ni te sientas culpable con ella, va a ser un desmadre de sentimientos si le metes cabeza. Todos como padres hacemos lo mejor que podemos, lo que creemos en cada momento y después, pues después ahí está el sicoanalista o el terapeuta o Coelho, o lo que quiera cada quien para salir adelante.

Ahorita van a ser tu papá y tú, pues ya, a ver qué pasa. Yo creo que no tienes nada de qué preocuparte, al contrario. Estoy seguro. Y déjate de culpas y de enojos. Bueno, haz lo posible.

– Sí, el jueves sabré...

V

Diego se levantó a dar unos pasos en la sala de espera azul. Miró el reloj. Las once y media de la noche. Se decidió a tocar la puerta de terapia intensiva. Le abrió una enfermera en nada parecida a las de series de televisión. Era chaparra, regordeta, y sin un ápice de gracia. ¡Que bien se sentiría su padre intuyendo que lo atendía una mujer guapa! Y a mi también me gustaría, lo que sea de cada quien; me gustaría ver otras enfermeras.

Diego puso cara de circunstancia. Si algo aprendió tantos años viviendo con su madre y su abuela fue a conmover a las mujeres. Sólo viviendo con ellas se puede aprender el arte de la seducción para cualquier ocasión. Y pidió:

- ¿Me permite entrar a ver a mi papá? Sólo un momento.

- A estas horas ya no debe entrar nadie.

- Sí, lo sé- respondió sin cambiar de cara, es más, acentuando su compungimiento, dejando escapar un tono de humildad para que la enfermera supiera que él sabía que está en sus manos, y que él era un buen muchacho, bueno, un buen hombre, con treinta y seis años, caramba, al borde del desamparo.

Sólo cinco minutitos-   dijo por fin la enfermera por fin conmovida.

Diego se puso la bata blanca que le entregó y se acercó a su padre. El no emitía ruido alguno, se escuchaban los aparatos conectados a su cuerpo, sobre todo el respirador artificial que le entraba por la boca hasta los pulmones. Su sonido se parecía al de las escafandras en las películas, de ruidosa respiración pausada. El efecto especial de una vida que, por ahora, no quiere acabar. Otro   aparato registraba el corazón, una alarma con un ritmo constante, el adecuado para un hombre de corazón fuerte, con neumonía y pulmones débiles. Sonidos de suspenso sin música de fondo.

- Me gustaría que vivieras para que hablemos más, para volver a escuchar jazz juntos. En realidad hemos escuchado muy poco jazz a pesar de que nos gusta tanto. Si pudiera te traería música para que la estuvieras escuchando. Sería bueno ¿no? Los doctores saben poco de estas cosas, creen que no me oyes, que no sientes, que estás desconectado, y no es verdad. ¿Te imaginas a los enfermos oyendo su música favorita? Horas enteras, sin que los interrumpan, escuchando la música preferida de todos sus recuerdos. Si pudiera también te leería en voz alta…

- Por favor ya sálgase - la enfermera es seria, fieme.

La única razón era que no debía estar ahí. Su explicación no sirvió de nada, iba contra las reglas, ya le habían concedido una gracia.

- Sí señorita- volteó hacia su padre impávido-. Te veo mañana, duerme bien. Le dio un beso en la frente.

Diego se quitó la bata. Ya le había dicho el doctor que no tenía caso que estuviera ahí esperando; él quería hacerlo. Apenas habían pasado 36 horas desde la llegada con la ambulancia.

Volvió a la sala de espera azul vacía y silenciosa. El monitor de televisión empotrado en la pared con su pantalla negra y muerta acentuaba el aislamiento, la soledad, la ausencia. El televisor no estaba para nadie. A esas horas Diego no debería estar en la sala azul de espera antiséptica. La televisión se encendería por la mañana cuando empezaran las horas de visita, cuando no se necesitaba porque la gente hablaba sin parar, hacía bromas en medio de su compungimiento, pretendía hacerle más amable la vida a los familiares más directos de los moribundos de terapia intensiva, porque eso es terapia intensiva, un pabellón de moribundos con apuestas en contra.

El tiempo en la espera es otro, se pierde su noción, máxime si esa espera está martillada por la incertidumbre. El tedio, insoportable en cualquier otro momento, en la espera desaparece, no tiene cabida. El tiempo adquiere otra dimensión, quizá su verdadera, la de la eternidad permanentemente momentánea. El tiempo en la espera transcurre en forma parecida a como lo hace cuando alguien está deprimido. La falta de voluntad pasma. El deprimido se sumerge en pensamientos lentos y circulares, reiterativos; se mete en un laberinto sin salida y tampoco quiere encontrarla. El tiempo se congela y lo mismo da una hora que diez.

El tiempo es otro también para quien extraña un amor ido que no puede olvidar, del que no se puede desprender. El tiempo es tortura, actúa con crueldad mientras el abandonado se deja llevar por la esperanza, por la ilusión, y se hace preguntas inservibles además de culparse inútilmente.

Para el que espera con incertidumbre, la ansiedad impide la lectura, la concentración. Y la sala de espera de cualquier terapia intensiva no ayuda a que pase más rápido el tiempo, a que transcurra de una forma diferente a como lo ha hecho siempre. El tiempo también se aísla, es indiferente, inconmovible.

Diego deseó haber tenido con él papel y lápiz, quizá podría intentar escribir las líneas generales de su próximo programa de radio, aunque siempre improvisaba mucho. Hacía tiempo que quería hablar de su generación, los que habían nacido en la segunda mitad de los 60, como él que nació en el 68, durante el mayo francés, pero en la colonia Guerrero, donde estaba la maternidad aquella de un doctor que se apellidaba Valiente y que supo por su madre que era el hijo de Acerina, que tenía una danzonera famosísima que tocaba en Los Angeles y en el Riviera, locales de baile legendarios, urbanos y medio del proletariado y que cuando Diego era adolecente Los Angeles se volvió a poner de moda efímeramente entre la izquierda y los intelectuales; él no había ido nunca porque la moda aquella pasó rápido. Mientras en Francia los estudiantes hacían marchas y pintaban las paredes con frases más célebres que efectivas, él daba berridos pidiendo leche, queriendo regresar a ese espacio cálido y agradable del que lo habían sacado abruptamente para insertarlo en la vida y hacer la gloria, pasión y angustia de su madre, en primer lugar, y de su abuela en segundo. ¿O sería al revés? De niño muchas veces creyó y sintió que su abuela lo quería más que su mamá, no lo regañaba, sólo lo consentía, jugaba con él, lo llevaba al cine. Pues sí, por lo general las abuelas sólo consienten no educan, a menos que se tenga una como la de Camus. Y pasarían muchos años, casi 20, para que Diego supiera quién era el tal Camus y otros pocos para que empezara a leerlo, no como habían hecho las generaciones nacidas a fines de los cuarenta o principios de los cincuenta que lo leyeron en las postrimerías de la adolescencia o al empezar la juventud y que lo convirtieron en una especie de inspirador y compañero de marcha.

La primera manifestación política en la que participó Diego sucedió en 1987, para apoyar a Cuauhtémoc Cárdenas que empezaba su lucha por la democracia en el país, por esa democracia por la que se habían batido los del México 68, en mucho sin saberlo porque no era una de sus demandas fundamentales, aquellos muchachos de entre 17 y 22 años cuando él tenía 8 o 9 meses de edad. Mientras ellos marchaban por las calles y gritaban consignas contra el Gobierno y trataban, generosamente, de chango al presidente Díaz Ordaz, Diego pasaba la mayor parte de su tiempo dormido en su cuna o en brazos de sus mujeres tomando leche y Gerber. Sus únicas consignas eran llantos de hambre. Todo fue diferente, obviamente, en aquella marcha de apoyo a Cárdenas. Antes, lo más importante que había vivido Diego de manera social había sido el temblor del 85 y vio la devastación, la muerte, la solidaridad de la gente mientras el gobierno federal y la regencia del DF no tenían la menor idea de qué hacer, de por dónde empezar. Si por ellos hubiera sido, las labores de rescate habrían iniciado cuando ya no se pudiera rescatar vivo a nadie, cuando los cuerpos de los muertos ya hubieran empezado a descomponerse. Y mientras el Gobierno intentaba disminuir discursivamente los daños y estaba pasmado salvo para intentar lavar su cara, la gente salió a las calles a ayudar a los demás. El lo hizo, lo hicieron sus vecinos, su mamá, su abuelita no porque ya estaba bastante traqueteada y moriría un año después. Diego y sus amigos se dieron a la tarea de escuchar gritos, quejidos y con ellos guiarse para ayudar a los damnificados. Con una cámara de 16 milímetros, Pepe empezó a filmar todo, hasta que una vergüenza ante el dolor ajeno y una forma de piedad apenas descubierta pudieron más en él que su afán testimonial. Por las noches de aquellos días de tristeza, zozobra, piedras removidas y cadáveres engullidos por los derrumbes, Diego apenas esbozó en unas cuantas líneas sueltas para que quedara más que en su memoria lo que veía, sin ser capaz de recrearlo, de entrar en los detalles, en lo que él había sentido cuando apareció aquel hombre regordete, moreno plagado de angustia y desesperación. Había salido de su casa en un maltrecho departamento de la colonia Roma a las 5.30 de la mañana pues trabajaba en Cuautitlán y entraba a la fábrica a las siete. En el trabajo se enteró del desastre en la ciudad de México cuando las primeras noticias hablaban de una destrucción total. Se regresó a su calle, a su colonia, a su casa y llegó a las 11 de la mañana. Muchas casas estaban destruidas, edificios a punto de caerse. El suyo, en realidad una vieja vecindad en la calle de Coahuila, se había convertido en un montón de escombros. No pudo ni gritar, se quedó pasmado con la espada del dolor atravesándole todo el cuerpo desde la cabeza. No podía hablar porque no había una sola palabra capaz de expresar su dolor, su miedo, su derrumbe; sólo podía manotear un poco, mover la cabeza con una desesperación que negaba la vida y la existencia de la vida. Cuando Diego intentó hablar con él apenas pudo traducir su mirada con la experiencia de un muchacho de 17 años; como si tuviera que levantar una tonelada de peso con un solo brazo señalaba aquellos escombros. Si hubiera querido correr hacia ellos, si su cerebro hubiera dado esa orden, habría sido imposible porque su cuerpo no obedecía. Pasados unos minutos que a Diego le parecieron los más largos de su vida, tan intensos en esa comunicación de dolor silencioso por sus enormes dimensiones universales, el hombre se sentó en la banqueta casi cayéndose. Tres horas después, Diego y Chucho y otros encontraron el cuerpo de un niño de seis años con su uniforme de la escuela, cerca estaba su madre con una niña de un año en los brazos, nunca la había soltado. Diego se quedó petrificado, apenas volvió la cabeza para ver al hombre, no necesitaba que nadie le dijera que era su familia, y la impresión lo hizo vomitar. Hubiera querido acercarse al hombre y abrazarlo; no se atrevió, no existía ningún consuelo, ninguna solidaridad posible ante aquel dolor.

Aquel terremoto se tornó un hito en la historia moderna de México más que por la tragedia por la solidaridad que afloró en las calles entre la gente, un hecho único, casi irrepetible, mitificado porque se a partir de entonces se volvió una especie de estribillo el cuento de la solidaridad social, un cuento que muchos repetían para creérselo,

Con sus recuerdos, Diego pensó que ya tenía el programa siguiente y confió en que no se le olvidara. ¡Carajo, ni una grabadora traigo! Pues ni modo, con las prisas.

En el baño, Diego se miró el rostro con la barba crecida y los ojos empequeñecidos de sueño y cansancio y el cabello alborotado y comprendió que no tenía más remedio que ir a su casa; antes entraría a ver a su padre.

Después de esperar un rato, una enfermera diferente a la de la noche anterior, lo dejó entrar. Cumplió con el ritual de la bata y se acercó a su padre. Le tomó la mano y se la acarició con ternura. Lo miró en silencio. Seguía con los ojos cerrados. Lo mantenían sedado para que resistiera la agresividad del respirador artificial. Los signos vitales continuaban produciendo un sonido monorítmico.

Papá. Ya pasó otra noche. Sigues bien, estable. Tienes que vencer la neumonía. Cuando se venza, estarás fuera de peligro y te podrán atender de otra manera.

Su padre se mantuvo quieto, sumergido en un artificial y profundo sueño. El movimiento del pecho apenas perceptible; los sonidos de los aparatos eran lo único que indicaba que seguía con vida. Su rostro era el de un hombre bueno, avejentado, sin embargo no era un rostro cansado de vivir o endurecido. Cualquiera podría pensar que ese hombre despertaría en cualquier momento para tomar un café con toda tranquilidad y salir a la calle a seguir con su vida.

Tienes que reaccionar. Tienes que querer vivir y lo puedes hacer… siempre has querido vivir. Puedes librar ésta y vivir muchos años… conmigo.

Tenderse la mano, guiñarse un ojo en gesto de complicidad, hablar todos los días con naturalidad, ser amigos, contarse historias, derramar lo que quede de sueños mutuos, volverlos a juntar y guardarlos en una caja, en el librero; saber que vienes de él y tú estás en él, que el tiempo no importa, ni la distancia, porque la verdad es biológica y puede ser amorosa, fraterna, solidaria; reírse con frecuencia y mirarse con certezas como la de saber que todo eso se fomentó con la ausencia.

Era inevitable: Diego sentía ya mucho sueño, necesitaba dormir bien. Podría ir a su casa. Se lo había dicho el médico que atendía a su papá.

-Mire, su papá está mal. La neumonía no cede todavía a los antibióticos. El hígado se está recuperando con mucha lentitud, hay síntomas de mejoría, tengo esperanza de que no debamos operar. Sí le puedo decir que si se mantiene podemos esperar no tener una solución desagradable. Sé que tener paciencia no es fácil. Su corazón está bien, su presión está normal. Le sugiero que descanse, váyase a su casa. Esto no puede resolverse de pronto, ni para bien ni creo que para mal.

- Hágame caso. No abuse de usted mismo. En ocasiones esto puede ser muy largo. Los familiares empiezan muy apegados y después ya no pueden ni con su alma.

Sí, así estuvo con su mamá. No se le va a olvidar nunca. Primero un hospital, luego otro. Todo sin tregua hasta que le dijeron que se la llevara a su casa, a morir en paz porque ya no se podía hacer nada.

Cuando llegó a su casa sintió el peso del silencio y la oscuridad, pero no tenía fuerzas para hacer mucho caso de esa sensación, lo mejor era sencillamente huir de ella, se dejó caer en la cama y el cansancio y el sueño vinieron en su ayuda y se quedó profundamente dormido. En la madrugada despertó y fue al baño, regresó a la cama y se volvió a echar en ella vestido. No llegó al minuto despierto. Cerca de las 7 de la mañana despertó abruptamente, con la sensación de no saber dónde estaba. Poco a poco sus ideas se pudieron en orden. Quería seguir acostado, siente pesadez en todo el cuerpo. Por su cabeza pasa, como un acto reflejo, hablar al hospital y preguntar por su padre.   Suena el teléfono. Tal vez sea del hospital, ¿y si es una mala noticia? Su corazón se acelera inmediatamente. De todos modos irá para allá. ¿Alguien más? Sigue sin querer hablar con nadie. Ya pasará ese momento y entonces sí llamará a sus amigos. Ahora no. Contesta. Una señorita de voz amable le recuerda que no ha pagado su tarjeta Banamex. Insiste en obtener una promesa de pago. El lunes sin falta asevera Diego mintiendo. La señorita agradece, recuerda la fecha y termina la conversación. Respira aliviado y molesto. Habría preferido que fuera Aitana. ¿De dónde saca esa idea? No lo ha llamado en mucho tiempo, él tampoco lo ha hecho. ¿Por qué iba a llamarlo ahora? Se mete al baño y abre la regadera y de inmediato escucha el ruido de la bomba. Empieza a salir el agua caliente, corre por su cuerpo, la siente en la nuca, en la cara, el agua como aislante, como muro protector.

Decidió intentar escribir las líneas de conducción de su siguiente programa de radio que también sería su artículo para la revista donde publicaba. Sin embargo, cayó en la cuenta del día, era viernes, cuando debía transmitirse el tercer programa de la semana y no lo tenía, y no lo iba a tener porque no podía ir a grabarlo. No quería hablar con Beatriz, quien habría resuelto más rápido el problema, así que habló con el jefe de programación para que él se echara la bronca con la bella y ejecutiva Beatriz. De plano no lo tengo, Poncho; he tenido problemas personales y se me pasó, hace apenas 10 minutos me di cuenta que era viernes. Repite uno, el que quieras, de 6 meses para atrás, uno de los de cambio climático, mira, ese de la plataforma de hielo que se desprendió en el Artico ¿te acuerdas? Poncho entendió y se comprometió a arreglar el asunto.

... La noticia es de las más dramáticas de los últimos años, pero no ocupó ninguna primera plana en los periódicos, ningún espacio especial en el radio o la televisión y sin embargo así debió haber sido para que nos demos cuenta de la realidad brutal que está viviendo la naturaleza y nosotros con ella, aunque no nos demos cuenta, aunque no nos preocupemos, aunque, en apariencia, no se altere nuestra vida cotidiana. Esa noticia es la siguiente: un enorme bloque de hielo unas siete veces mayor que la isla de Manhattan se desplomó súbitamente en la Antártida y puso en peligro a una sección aun más extensa.

Las imágenes de satélite revelaron el desprendimiento de un gran bloque de hielo de 415 kilómetros cuadrados, en el oeste del continente antártico. Este proceso de desprendimiento empezó el 28 de febrero; se trata del extremo de la plataforma de hielo de Wilkins, que ha estado allí hace alrededor de mil 500 años.

Esto es resultado del calentamiento global, y no lo digo yo, amigos radioescuchas, lo dijo el experto David Vaughan del British Antarctic Survey, un instituto encargado de realizar investigaciones científicas en el llamado continente blanco en el cono sur del planeta, la tierra de los pingüinos. . El mismo Vaughan explicó que si bien los témpanos se desprenden naturalmente de la plataforma, desplomes como éste eran inusuales y en laos últimos años se están dando con más frecuencia.

Según Ted Scambos, científico del Centro Nacional de Datos de Nieve y Hielo en Boulder, Colorado. Explicó que "Las grietas se llenan de agua y se cortan y desploman".

El resto de la plataforma de Wilkins se mantiene de manera precaria y los científicos temen que también pueda desprenderse. Otros fenómenos similares ocurrieron en 1995 y el 2002.

Así es, no hace 200 o 500 años sino apenas en 1995 y 2002.

El cambio climático ya se gestó y cada vez sus efectos serán más drásticos, más destructivos para el planeta entero y serán, desde luego, los seres vivos quienes habremos de vivirlos de manera intensa: usted, yo, las aves, los felinos, los chimpancés, los insectos, en fin, toda la flora, la fauna y el homo sapiens. La voz del cambio climático se empezó a escuchar desde los años 80; poco caso se le hizo y se le ha hecho. Ha sido como las revoluciones sociales, como la soviética o la mexicana, tiempos previos llenos de advertencias, que el poder creía controlarlas, las aristocracias y las burguesías despreciaban las señales hasta que un día todo se detonó... ¿Hasta cuándo seguiremos sin asumir todas las responsabilidades que tenemos ante el cambio climático?

La luz del día es espléndida, brilla intentando imponerse a cualquier pena. El sol hiriente del otoño que no calienta. La ciudad está limpia como pocas veces en el año. En el radio del coche

Police interpreta *Every breath you take*, la mejor canción de los 80, según Diego, la década de su adolescencia y el inicio de su juventud. De entre tantos grupos míticos, él sentía que a su generación dos les pertenecían por completo: Police y U2, aunque reconocía que le gustaban mucho Los Beatles, sobre todo los primeros, y los Rolling Stones de *Time is on my side*. Pero *Every breath you take* no tenía precio y se puso a cantarla.

Every single day
Every word you say
Every game you play
Every night you stay
I'll be watching you.
Oh can't you see
You belong to me?
How my poor heart aches with every step you take...

Diego se emocionó como siempre que la escuchaba. ¡No tiene madre! se dijo y siguió cantando. Sin embargo, como por arte de magia, pues parecía que siempre los tenía guardados en su chistera , empezó a tener sentimientos de culpa, sus sentimientos favoritos a lo largo de los años, y le costaba un enorme trabajo desprenderse de ellos, les tenía un gran cariño, no podía vivir sin esos parásitos miserables y destructivos, los más cabrones dentro del ser humano, siempre agazapados y muy alertas para hacerse presentes a la menor provocación, desde que él era niño, a veces por cuestiones realmente importantes otras por verdadera nimiedades. Por supuesto que había luchado contra ellos, luchaba constantemente sin lograr abatirlos, desangrarlos, pisotearlos, a lo más que llegaba era a distraerlos y, de vez en cuando, a olvidarse de ellos, al menos no había permitido que lo consumieran. ¿Qué hacía él para contribuir a detener el cambio climático? Echar rollo sobre en su programa de radio. Sí, tenía conciencia de la gravedad de ese cambio ¿y? No pertenecía a ninguna asociación ecológica, no firmaba manifiestos que, por lo demás nadie le pedía que lo hiciera, siempre se movía en coche. Se sintió mal; había otros muchos como él con esa preocupación ¿y qué hacían? Nada o muy poco. El consuelo para no sentirse tan mal era pensar que la gran responsabilidad era de los gobiernos y de las empresas. Luego lo pensaría mejor porque ahora tenía que ocuparse de su papá, Ya estaba cerca del hospital, ojalá y no hubiera empeorado. Ya lo sabría en poco tiempo. Antes de saberlo entró por su teléfono celular la llamada de Beatriz. Dudó en contestar; ella era buena onda, lo que sea de cada quien.

- ¿Por qué no vas a hacer tu programa?
- Porque no puedo, tengo un día muy difícil.
- Decir no puedo no es una explicación. Además me la debes por la forma en que te fuiste de mi casa el otro día. Te quiero apoyar, sólo ábrete, confía.

Diego resopló. Ella tenía razón. Tomó aire y habló de corridito.

- Es una historia muy larga… tengo papá, el otro día en tu casa salí corriendo porque se puso muy mal. Está en el hospital en terapia intensiva y apenas ayer dormí unas horas en mi casa. Voy al hospital de regreso.

Silencio alentador. La bronca estaba librada… parcialmente.

- Lo siento mucho.
- Pues sí, así son las cosas… yo no quería hablar de eso.
- Me puedes tener confianza, tan fácil que hubiera…
- Sí, perdón, (un perdón de compromiso, nada sincero). No he hablado de esto con nadie, así soy, a veces me guardo mucho mis cosas. Lo siento.
- Bueno, pero no tienes por qué enojarte, yo sólo…
- No me enojo…
- Déjame hablar por lo menos.

Silencio tenso

- ¿Te puedo ayudar en algo? ¿Quieres que te vaya a ver?
- Te lo agradezco, de verdad, por ahora prefiero estar solo. Yo te llamo.

- Espero que todo te salga bien.

- Sí, lo sé. Gracias. Yo te llamo.

Colgaron.

Diego sonrió casi en agradecimiento a Beatriz, sin embargo retuvo un mal sabor de boca. Se sintió culpable, y no era para menos. Ella no tenía la culpa de nada. Se estaba pasando, esa era la verdad. No estaba siendo honesto con ella. De algún modo, aunque lo negara, Beatriz se hacía ilusiones de algo más; él estaba indeciso, más aún por tener a Aitana atravesada en su imaginación. Todo sería más fácil con una mujer a su lado. Aitana no estaba ahí, hacía más de dos años que no la veía, hacía cuatro que estaban divorciados, quizá hasta ya tuviera otra pareja. Ah, no señor, de todos modos había que torturarse ahora. No había pensado mayor cosa en ella durante meses y ahora la extrañaba. Y ahí estaba Beatriz leal, dispuesta, cálida. Era lo malo; no tenía dobleces, no jugaba, era madura. Con un buen calambre que le hubiera puesto a Diego... pero ella no era así. En cuanto estuviera mejor su papá la invitaría a cenar... No, sería mejor decirle que ya no se verían más en plan... íntimo, que él estaba enamorado de otra. ¿Y si Aitana no le hacía caso? ¡Si ni le había hablado! ¿Y si en verdad Beatriz es una mujer sencillamente libre y te estás imaginando lo que no es? En una de esas el que sí quisiera algo más formal eres tú. ¿Y si el enamorado eres tú? Reconoció que se estaba enredando sin razón alguna.

En la esquina de Bajío y Tonalá se encontró con el puesto callejero de barbacoa. Imposible resistirse. Tres tacos y un consomé de carnero le caerán de perlas.

Se sentó en el banco ante la larga mesa, junto a un hombre que parecía albañil o pintor.

Buen provecho, le dijo. El consomé estaba hirviendo y el primer sorbo fue una delicia. Los tres tacos se volvieron seis y llegaban más comensales. Mientras disfrutaba sus tacos y su consomé, se quedó viendo absorto el puesto de periódicos de la esquina.

Cuando era niño, los puestos eran un espectáculo fascinante ante el que se quedaba horas viendo cuentos y revistas. Se acordó de su abuela. La extrañaba; nadie, sentía, lo había querido como ella, con su ternura y su paciencia. Ella lo enseñó a leer. El recuerdo vívido llegó. Una tarde casual, como todas aquellas, él aburrido y solitario y su abuela tejiendo ganchillo. Se acercó con su cuento de Walt Disney. Abuelita ¿me lees mi cuento? Y la abuela distraída, sabrá Dios en qué estaba pensando, le contestó sin dejar su tejido ¿Por qué no lo lees tú? Pus porque no sé.

La abuela reaccionó. Es cierto, mi rey. Ya verás, yo te voy a enseñar a leer y a escribir.

Y dejó el tejido y se sentó al niño en las piernas y Diego empezó a descifrar aquellos signos que hacían hablar a Donald y al Tío Rico y a los sobrinos y, claro, a la abuela Pata.

De niño, durante las noches Diego le pedía a Dios que su abuela no muriera hasta que él fuera adulto, hasta poder tener la fuerza para soportar y comprender su muerte; propuso fecha: por lo menos hasta que él tuviera doce años. Ahora no tiene fecha para la muerte de su padre porque ya sabe lo que representa la muerte.

Sonrió con melancolía. Su abuela le duró hasta poco después de cumplir los 18. Pasaron varios días antes de que pudiera llorar, como si algo en él se resistiera a aceptar la muerte de la mujer que le había enseñado la ternura, quien siempre lo hizo sentirse protegido y cuidado, protegido incluso de su mamá; la mujer a la que podía acudir en cualquier situación de angustia, de miedo, de ilusión, a platicarle, a expresarse con la certeza de encontrar la mirada reconfortante o animosa o también llena de la misma ilusión que él. Más que sus palabras eran sus gestos, sus miradas la forma como ella le decía lo que necesitaba escuchar. A ella le pedía que rezara para que pasara un examen y ella lo ayudó a ir venciendo el miedo a la oscuridad.

Al día siguiente del entierro de su abuela, Diego se fue a trabajar como siempre, rehuyó lo más que pudo los pésames y los acompañamientos en el sentimiento y las palmadas solidarias. Dos semanas después, viendo un programa de televisión intrascendente estalló en sollozos recordando y extrañando a su abuela y sintiendo la profunda soledad que su ausencia le causaba; ya no tenía en quien refugiarse, a quien acudir sin temor alguno a ser juzgado o regañado. Desde entonces, no había habido un solo día en que no pensara en ella.

Cuando llegó a la sala de espera de terapia intensiva había varias personas, más mujeres que hombres, mayores todos, salvo una muchacha regordeta, con un rostro bello y dulce, de unos veinticinco años que lo miró cuando él la vio y saludó diciendo buenas tardes y todas le contestaron como en coro de letanía. La sala de espera azul ya no era sólo suya, estaba invadida y en la televisión había un programa femenino para mujeres tontas y ociosas. Diego se acercó a la puerta de terapia intensiva y otra enfermera, por lo visto había muchas enfermeras para terapia intensiva, le pidió que esperara un momentito, ella le avisaría porque hay otras personas visitando a otros pacientes y no puedo tener a tanta gente en la sala. ¡Es la hora de visita! replicó, y la enfermera le reiteró que ahorita le avisa y él regresó molesto a sentarse porque le ganaron y no tienen derecho las otras visitas a impedirle ver a su padre. Se resignó a esperar ese "ahorita" que serán muchos minutos eternos porque el ahorita nacional puede ser dentro de dos horas, igual que momentito, que un minutito. Diego sabía muy bien lo que podía causar un ahorita. El lo decía mucho cuando su madre le pedía algo, cuando lo interrumpía si estaba jugando o leyendo. Vete a la tienda. Ahorita. Ve a la panadería. Ahorita voy. Tráeme el burro de planchar. Ahorita. Hasta que su madre se impacientaba y estallaba en gritos de ahorita es ahorita, cuando yo te lo mando, ¡qué desobediente eres, con un demonio! Ya, mamá, ahorita voy. Algunas veces todo terminaba con su mamá jalándolo de una oreja, levantándolo, gritando me obedeces.

Diego sonrió por el recuerdo de aquellos momentos que tanto lo hicieron rabiar en el pasado.

Al menos el ahorita de la enfermera no duró tanto, unos 20 minutos, y entró a ver a su padre. Seguía igual. Una enfermera menuda, quizá un poco mayor, se le acercó y saludó amable mientras se ponía a colocar botellas de líquidos que llegarían a través de los catéteres al cuerpo indefenso del padre de Diego.

- Tenga confianza, yo creo que sí se va a componer. Mire, yo sí lo veo mejorcito, ¿eh?, claro que no se nota mucho, pero una aquí aprende.

Su voz es muy amable, su actitud es naturalmente cálida, reconfortante. La enfermera se le acerca.

- Mire, tiene los labios muy secos, hasta se le hacen pellejitos ¿Ya vio? Bueno, le voy a traer agüita y un algodoncito y usted se los va a humedecer.

¿Ya ves papá? Yo creo que ya ligaste. Tenemos que tener paciencia. ¿Cómo vas, qué te has imaginado? Me gustaría saber lo que pasa por tu cabeza. ¿Te acordarás? ¿O no pasa nada y simplemente estás en un sueño profundo? Me escuchas ¿verdad? Vas a ver, me las voy a ingeniar para traerte música. ¿Te imaginas que les pusiéramos aquí unos pianazos o trompetazos de jazz para ponerlos como locos? ¡Sería fantástico! Diego miró con ternura ese rostro callado y quieto. Le acarició la mano que tenía una pequeña mancha morada por el cateter que la penetraba.

- A ver, mire, moja el algodoncito en el agua y le va humedeciendo los labios. Que no se le vaya el agua, no lo exprima en sus labios porque puede toser y eso le hace mal. Andele, hágaselo, a la mejor ni cuenta se da, a la mejor sí...

Diego se conmovió. Un hilo delgado del amarre de sus emociones se rompió. Empezó con mucha suavidad a mojarle los labios y le siguió hablando quedo, casi al oído. Esto no está tan mal, yo sé que preferirías un whisky, pero aquí hay ley seca. Nos vamos a tener que esperar. Si me prometes que no te alocas, yo te prometo que cuando salgamos de aquí nos echamos un Glenmorangie o un Etiqueta Azul ¿Cuál prefieres?

Su padre respiraba de una forma apenas perceptible. Sólo el respirador hacía ruido, como una gárgara intermitente. Diego le acarició la frente en silencio.

La visita terminó. Regresó a la sala azul que seguía concurrida. Con la muchacha regordeta estaba un señor mayor, quizá fuese su padre, y otras personas; también un adolecente de unos trece años, callado, aburrido y triste. En la televisión había una telenovela vieja, su añejamiento lo delataba la forma de vestirse de las protagonistas, mucho más modesta, más conservadora que en las telenovelas de ahora donde todas se visten como si fueran a trabajar al *table* y tienen las chichis y las nalgas operadas.   La historia era la de siempre: una mujer mala, joven, muy guapa, jura que le va a quitar el hijo a otra, también joven, también guapa, dulce, con cara de buena. La mala está enamorada del esposo de la buena, que por supuesto también es guapo. La mala se le insinúa, se nota que a él se le antoja, aunque se controla, contención que obviamente no durará mucho Ella está segura de que va a caer y se lo va a quitar a la buena. Entraron los comerciales.

La muchacha regordeta tenía un atractivo especial que Diego no lograba explicarse claramente. Decidió ir a la cafetería y leer la revista que se había comprado en el puesto de periódicos donde ya no había cuentos porque dejó de haberlos hace años. A esas horas el hospital estaba muy activo y lleno de gente. Tiempo de visitas, de consulta, aunque en un rato más todo el ruido acabaría y volvería el silencio, moriría algún paciente, una madre saldría feliz con su hijo recién nacido; dos o tres personas graves llegarían a urgencias y ahí primero serían atendidas por los médicos aprendices, los que hacen su internado, compensando su impericia con una vocación y un compromiso que poco a poco, conforme tengan más experiencia y conocimiento, se les diluirá, se mecanizará, los pacientes dejarán de ser seres humanos para convertirse en cuerpos enfermos a los que antes de hacer cualquier diagnóstico ordenarán estudios de esto y de lo otro y muchas veces, después de los estudios, dirán que no saben y solicitarán otros estudios, y ganarán prestigio y serán famosos.   No harán visitas a domicilio, programarán sus cirugías, hasta los partos, para que no les alteren sus vacaciones, sus partidos de golf; tendrán celulares y localizadores, que no estarán dispuestos en la noche pues para las urgencias incómodas habrá otros aprendices internistas como lo fueron ellos. Tendrán consultorios privados y podrán atender a tres o cuatro pacientes al mismo tiempo. La salud como producción en cadena. Henry Ford no alcanzó a saber todo lo que inventó.

Diego dejó de divagar y empezó a leer un enésimo ensayo sobre la supuesta evolución de la democracia mexicana; se aburrió y pasó a otro esperando que no tuviera tantos lugares comunes, sobre Saramago. Insufrible, denso, retorcido.   Volvió a la sala de espera de terapia intensiva. Ahí ya sólo estaba la muchacha regordeta con su cara bonita. Quizá es una de gordita con problemas glandulares. Viéndola bien no esta tan gorda ni mucho menos, lo que pasa es que se vive en un mundo de flacas, de mujeres de cuerpos delineados, se acabaron hace mucho las regordetas que apasionaban a Rubens y a su tiempo, aquella frondosidad flamenca que tanto atraía a Carlos V y a su hermano Fernando, repasa Diego para entretenerse un poco. Estas mujeres de hoy les parecerían famélicas, desnutridas, con muslitos de bambú. Cómo cambian los tiempos. Y sin embargo pocas cosas mejores que unos buenos muslos y unas buenas nalgas.

Esa muchacha parece tener paz interior. Diego no sabe exactamente qué es lo que transmite esa mujer porque la mayoría de las que conoce son diferentes, modernas, intelectuales y ninguna de ellas puede transmitir una paz que no siente, no saben vivir, presionadas como están por el éxito, por triunfar, por abrirse paso, por demostrar que son más chingonas que los hombres, que no los necesitan. Aunque Aitana era diferente y Beatriz tiene lo suyo.

- Me llamo Diego... mi papá está ahí dentro. – le dijo para empezar una conversación.

Y ella sonrió.

- Yo soy Carolina. Estoy segura que no le hubieras atinado a mi nombre nunca...

- No, yo creo que no - Diego no se esperaba una respuesta así.

- Yo tengo a mi mamá, tiene cáncer. Ya nos dijeron que por ahora se va a salvar. Mañana la llevan a una habitación.

Diego consideró imprudente decirle que su madre murió de cáncer. Le dio cierta pena la muchacha optimista.

- ¿Estás sola?

Ella miró a su alrededor como buscando a alguien y luego contestó

- Pues sí, además de ti no hay ninguna persona. Se ríe.

A Diego no le quedó nada más que reír también.

- Me refiero a...

- Sí, ya sé, te estaba bromeando. Aquí estuvieron mi papá y mi hermanito y mis tías y otras personas. Yo le insistí a mi papá en que se fuera a la casa. El está enfermo también, siempre ha estado mal del hígado y no le hace bien estar aquí. Imagínate, nunca ha bebido y está mal del hígado, y mi mamá nunca fumó y tiene cáncer en los pulmones. ¿Qué te parece? ¿Tú fumas?

- No, he fumado muy poco.

- Yo, como todo el mundo, quiero dejarlo, es difícil ¿no? Además, una piensa que no le va a suceder igual, como los ladrones que piensan que a ellos no los van a cachar. ¿A poco no?

- Pues sí –respondió un poco confundido con la comparación-. ¿Qué haces?

- Soy maestra de kinder. Adoro a los condenados niños, más porque sé que viven en un mundo bastante feo ¿no te parece?

- No pienso mucho en eso, así es y ya. No creo que antes haya sido mejor. A veces sí me preocupan bastante los niños de la calle; uno que va al kinder ya la tiene de gane en comparación, empezando porque hay alguien que se preocupa por llevarlo.

- Yo creo que sí, pero pienso mucho en lo fácil que podría ser tener un mundo mejor. Aunque es muy difícil.

- ¿Quién te entiende?

- Tú, porque no eres tonto, se te nota. Y nadie que lee a Roth puede ser tonto. Esa es literatura para adultos, como yo le digo. Hay literatura para niños, adolescentes y adultos, como las películas ¿no crees?

- Sí, tienes razón– a Diego le resultó encantadora.

¿Y sabes qué, papá? Empecé a sentir una gran excitación, una excitación extraña porque no era el deseo ese que te da ante una mujer que es un cuero y se te está ofreciendo o poniéndose difícil. No, era una necesidad de adentrarme en esa mujer, de tenerla y de que me tuviera. Sí, había algo de sensualidad en ella, apenas perceptible como el olor de un perfume en el cuello. Esa sensualidad que es la ocupa todos los sentidos. Y tenía una boca muy linda, muy bien delineada. Era sensualidad, no erotismo. ¿O era al revés? Ya no sé.

Me gustas, quisiera darte un beso, le dije abruptamente, como si no hubiera pensado las palabras.

¿Y qué esperas, que te dé permiso? me respondió como si me conociera de siempre, con calidez, y con coquetería. Entonces me le acerqué y la besé. Y ella respondió. Fue un beso suave, largo, paciente, de búsqueda. Duró mucho, no sé cuanto, mucho. Hasta que ella se separó y se me quedó viendo. Los dos teníamos los ojos enrojecidos, brillosos, los dos sentíamos ese hormigueo del deseo al que se le han abierto las compuertas... No, no, te estoy diciendo tonterías y te vas a imaginar otra cosa porque era un deseo grande, sí, fuerte, y a la vez sereno, un deseo sin escapatoria.

Vamos al baño. La mirada de Carolina era ansiosa y suplicante.

Tomó a Diego de las manos y él, un poco sorprendido, se dejó guiar hasta el baño de hombres. Abrieron un gabinete y los besos estallaron y las manos de los dos no eran suficientes para tocarse porque sus cuerpos tampoco eran suficientes para tenerse todo lo que quisieran tenerse y por un instantes se detuvieron, se miraron a los ojos buscando una explicación que no existía y otra forma de hacer las cosas, pero la ansiedad no resistió ese instante de pasión amordazada que era acicate y fulgor y volvieron a la desesperación voraz y sus saliva se hicieron una sola y sus lenguas se desesperaron por no poder amarrarse, arrancarse y sus manos recorrían voraces los caminos y las respiraciones se ahogaban llevándose los gritos apenas controlados ante labios que se mordían y la fragua dio el último golpe y los chispazos del fuego inundaron todos los sentidos hasta volverlos uno solo y todo terminó en unos gritos callados al sentir cómo se les estaba yendo el alma en ese instante eterno en que ya no pudieron ser cuerpos.

Y se miraron intensamente recuperando el aire perdido, testigos mutuos de su placer y fue entonces cuando sus miradas se amaron de una forma volátil e inasible.

- Ha sido un regalo, papá.

Cuando regresaron a la sala de espera se sentaron juntos, en silencio, cogidos de la mano y Carolina puso su cabeza en el hombro de Diego que le acariciaba las dos manos. Diego quería explicarse un poco lo sucedido. Se miraron y sonrieron como dos niños traviesos; ninguno atinaba a decir palabra aunque en realidad no querían hablar, porque lo que sentían era suficiente, era su lenguaje.
Una enfermera salió de terapia intensiva y se dirigió a ella.
-Señorita, entre por favor.

La madre de Carolina había muerto. Ella la vio irse y le cerró los ojos y le dio un beso y le dijo que la quería mucho, no en pasado sino en presente, no podía ser de otra manera.

-Lo siento mucho, no sé qué decir; no creí, por lo que me dijiste... te vi tranquila

-Yo ya sabía, mi padre también sabía... Ni él ni yo queríamos vivir este momento como se supone que debería vivirse... Mi mamá nos hubiera regañado.

-Entonces...

-Entonces me has hecho muy feliz. Yo tuve suerte de encontrarte hoy...

-¿Y?...

-Dejaras de ser hombre. Siempre quieren una explicación para todo.

-No, así son las mujeres.

-Y también los hombres.

Ella se le quedó viendo y soltó su llanto, incontenible; se abandonó a las lágrimas y lo abrazó, y él en ese momento quería cubrirla, protegerla de aquellas piedras de abandono que le caían encima; deseó, como en un cuento de Andersen, que llegaran unos cisnes a arrebatarla de sus brazos para llevarla a un palacio de ensueño y olvido. Y ella sintió esa calidez y dejó de llorar y se desprendió de él para irse a ocupar de los pendientes que deja la muerte y se despidió dándole un beso que él no deseó que fuera el último.

-No la he vuelto a ver, papá; siempre que estoy aquí me acuerdo de ella o tengo la fantasía, quizá la ilusión, no sé, de encontrármela, de que venga a buscarme.

Diego no supo que no se llamaba Carolina. No supo que no era maestra. Ella no quiso volver a verlo. Era el hombre con el que había hecho el amor felizmente, el día que murió su madre. Si lo seguía viendo, el encanto, la fugacidad de aquel instante de consuelo, de ese atrevimiento cándido e infantil, de ese homenaje a la vida, se echaría a perder. Así pensaba ella. Diego nunca lo supo.

VI

No esperó. En cuanto las cenizas de su madre quedaron en el mismo nicho que las de su abuela, empezó a regalar su ropa, a malbaratar o regalar sus muebles, no quiso conservar nada, sólo pequeñas cosas significativas, regalos que le dio de niño, pequeños objetos que ella coleccionaba, su gran variedad de cajitas, cosas así. Hurgó en las partes superiores de los roperos y se encontró esa vieja maleta a cuadros que le gustaba cuando era niño. La abrió con reverencia y curiosidad y en ella encontró cosas suyas de las que ya ni se acordaba, como sus diplomas de la primaria y la secundaria, sus medallas de aprovechamiento, nunca una de conducta porque no paraba de hablar en clase y de hacer travesuras, sólo lo salvaban las calificaciones. Diego sonrió acordándose de él mismo en un pasado lejanísimo envuelto en una endeble nostalgia. Encontró unas carpetas que tejió su abuela, las acarició porque estaban llenas de evocaciones. Apareció en su memoria la imagen de su madre y su abuela tejiendo mientras veían las telenovelas. Su abuela tejía rapidísimo, casi sin ver lo que hacía. El, mientras tanto, jugaba en el suelo con sus vaqueros de juguete y sus caballitos y aquella carreta de pioneros que le duró años porque era de sus juguetes favoritos. Al llegar la hora de la cena, su abuela llevaba su charola con su café con leche y su pan con queso ante el televisor, y él metía un pedazo de bolillo en aquella leche con sal tan única, hirviendo, con poca azúcar. Su abuela comía o tomaba todo hirviendo. A Diego se le escurría la leche del pan mojado, se reía.   Decidió guardar las carpetas y mandarlas a la tintorería. Encontró   aquella antiquísima caja metálica de galletas con una escena del Quijote y algo se movió en su memoria y alcanzó a rescatar un recuerdo infantil de esa caja y le hizo a un lado por completo la tristeza absorbiéndolo y provocándole una sonrisa. En la caja había unas cartas amarradas con un listón azul y las tomó con cierta fascinación, igualito que en las novelas... Deshizo el nudo con suavidad y respeto y uno a uno empezó a leer los sobres y la primera que le llamó la atención fue una de su abuelo a su abuela.

Josefina querida: me quiero imaginar que me extrañas tanto como yo a ti. Este viaje se me ha hecho demasiado largo, pero al menos ha sido provechoso y hoy te hice un depósito fuerte. Todo ha salido bien aquí en Valle de Santiago y creo que mañana ya me iré para Torreón de donde me regresaré a México, cuando mucho en una semana. He andado bastante ocupado, pero no por eso dejo de pensar en ti ni en Teresita a la que ya le compré una muñeca de porcelana que encontré en una tienda de baratillo, es inglesa y muy fina, yo creo que a veces la gente no sabe ni el valor de lo que está vendiendo o quizá a mi la ilusión me hizo verla maravillosa. El otro día en una reunión sobre precios de trigo empezó a pensar en ti y de pronto me di cuenta de que tenía que controlar la sonrisa que me estaba saliendo porque iba a decir que estaba loco y ni modo de ponerme a dar explicaciones. Además de que debo poner cara de pocos amigos para que no me embauquen.
Es posible que yo llegue a México antes que esta carta, si es así recibirás la muestra de cuánto pienso en ti cuando estoy en estas andanzas. Creo que al menos será el último viaje del año. Iré a la casa de antigüedades en Torreón y seguro que ahí encontraré los marcos que me encargaste, y si no, hago que los encuentren, nomás faltaba.
Te beso.
Diego, tu Diego.

Sin haberlo conocido, en ese momento lo cubrió un profundo amor por su abuelo y se dejó llevar por un repentino orgullo de llevar su nombre. Esa fue la última carta que le escribió a su abuela porque nunca regresó con vida de ese viaje. Dobló la carta con cuidado y la volvió a guardar en su sobre. Fue encontrando otras cartas de su madre a su abuela cuando se fue a Europa en una excursión, la única vez que fue; se conmovió por su madre tan emocionada en París, en Praga, en Madrid aunque se quejaba de los modos de los meseros; resaltaba su alegría por estar en Italia donde casi se desmaya cuando vio de golpe, apenas entrar a Los Uffizi, la Consagración de la Primavera, y después en la Plaza de San Pedro y luego toparse con La Piedad. Por un instante Diego pensó que su madre, con su rostro de líneas tan finas, bien pudo haber sido modelo de Boticelli. Encontró también un poema que le hizo a su madre un tal Eduardo, amoroso y triste, y malo, ni modo. Decidió dejarlo fuera de ese hato de recuerdos y darle santa sepultura con la llama de un cerillo. No encontraba secretos en las cartas, nada que develar, sólo nostalgia. Y debajo de ese poema estaba una carta dirigida a su abuela, sin remitente. Lo primero que le llamó la atención fue que estaba enviada desde el propio México... la desdobló buscando algún indicio y en ese momento su corazón se sacudió al verla firmada con sencillez por Manuel Alatorre, un nombre, sin garabatos, sólo una línea firme debajo de las dos palabras, una línea que parecía perderse en el horizonte; su corazón se adelantó a sus pensamientos porque no alcanzaba a entender qué tenía que hacer una carta del productor de cine Manuel Alatorre en esa caja y dirigida a su abuela. Empezó a leer y con las primeras líneas la boca se le secó de pronto y las sienes le empezaron a zumbar como si su cuerpo ya supiera lo que él no sabía y leyó y leyó y volvió a leer porque no podía creer lo que estaba leyendo, porque no tenía sentido, porque era inverosímil todo lo escrito en ese papel delgado, con letra apresurada, muy lejana de aquella letra palmer tan hermosa de su madre y propia de los colegios de monjas de aquellos tiempos. Leyó y leyó como si pesara una maldición sobre esa carta fechada en 1973, y como si para que no se evaporara, no desapareciera en sus manos para siempre, tuviera que leerla incansablemente. Y empezó a comprender un poco sin querer comprender del todo.

Doña Josefina: gracias por atender a mi llamada. Comprendo que Teresa no quiera hacerlo y que usted sea solidaria con ella. Sólo quiero decirle que he intentado darle dinero para el niño, y no me lo ha aceptado, al menos los libros ha podido tenerlos gracias a usted. Ahora saldré nuevamente de viaje; seguiré enviando los libros. Le pongo aquí mi dirección para que sepa dónde estoy por si necesita algo urgente; sé que usted tampoco me quiere, pero al menos considere, y creo que así lo ha hecho, que si en algo puedo ayudar lo haré con todo gusto. Cuídense mucho y cuiden a mi hijo, perdone que le diga mi hijo, eso es lo que es a pesar de la forma como se dieron las cosas y de mi conducta. De cualquier forma, le reitero que le pido perdón por lo que he hecho, pero sé que no les basta. Crea, por favor, en mis buenas intenciones para con ustedes y con mi hijo. Manuel Alatorre.

Diego no podía creerlo. Primero se quedó pasmado. La sorpresa era demasiado grande como para alcanzar a tener una reacción definida. Estaba asombrado y un cúmulo de neuronas excitadas sin saber bien a bien qué hacer lo impulsaba a rectificar, a que leyera bien, a que se cerciorara de que nada de aquello era cierto; aún así, una luz de 1000 watts empezó a encenderse y apagarse en su cerebro. Volvió a leer fragmentos de la carta *Sólo quiero decirle que he intentado darle dinero para el niño... los libros seguirán llegando... cuiden a mi hijo, perdone que le diga mi hijo, pero lo es a pesar de como se dieron las cosas.* Todo lo que leía era cierto, no lo estaba imaginando. Además había recibido aquellos libros, se acordaba muy bien, los recibió hasta los 11 o 12 años. Paquetes que le entregaba su mamá envueltos para regalo. No, no eran de ella, eran de de él, de Manuel Alatorre; primero libros ilustrados, llenos de dibujos sorprendentes y hermosos, después cuentos y novelas.

Diego se quedó quieto, mirando el vacío. No percibía nada a su alrededor. Sabía leer y había leído bien. Todo en su interior era incertidumbre, su pensamiento estaba nublado, pero áspero y caliente. Sintió mareo y náuseas. No entendía nada, no podía poner en orden ninguna pieza de ese rompecabezas en que acababa de convertirse su vida. Las gotas caían presurosas en el lago y los círculos concéntricos que formaban desaparecían rápidamente, sin acabar de expandise. Una piedra se tambaleaba desde un costado de la montaña hasta que por fin una ráfaga de viento la hizo perder el equilibrio y venirse abajo. La mentira de su mamá quedó medio destrozada sobre la carretera bloqueando el paso. Las gotas empezaron a caer más rápidamente porque la tormenta se precipitó. La angustia, la sorpresa, la incredulidad se le hicieron nudo en el estómago provocándole dolor físico, un dolor que casi lo hizo vomitar. Varios trenes que venían a toda velocidad en distintas direcciones pasaban por alto las luces y se estrellaban en su pecho. El mundo que conocía acababa de cambiar por completo porque su vida acababa de cambiar.

La carta se salvó de la quema o la basura quizá por esa dirección anotada *por si necesita algo urgente.* Y después vino el olvido, y la carta se quedó escondida y guardada, olvidada para siempre... hasta ese día. Diego buscó otras en el atillo y había una más sin remitente, de 1974, estaba rota, un rompimiento arrepentido, le faltaba la parte final. Teresa: *no te contaré nada de mi vida porque no creo que te interese, sólo insisto en hacerme presente y decirte que quiero ayudarte con la educación de Diego, ni siquiera hace falta que le digas nunca que soy su padre. Me gustaría verlo, es un deseo que me crece porque sé que está ahí ese niño que es mi hijo, sí, gracias a ti, lo reconozco, lo acepto, gracias a ti, pero no puedes ser tan rencorosa aunque tengas mucha razón, te lo pido por...* y ahí se acababa porque faltaba el pedazo.

Diego empezó a reírse con nerviosismo, le zumbaban terriblemente los oídos, le dolía la cara, y de pronto se calló, se quedó doblado sobre sí mismo y sólo se preguntó ¿por qué, carajo, por qué? Unas lágrimas intrusas, pues él no sintió haberlas llamado, aparecieron sigilosas. Moqueando, sin poder tener claro aún si aparecían pequeños carboncillos candentes de alegría o si todo era desilusión y enojo, empezó a pensar que ese Alatorre que había citado muchas veces en conversaciones, era su padre. Y no podía definir sus sentimientos, no sabía si aquello lo alegraba o no. De huérfano había pasado a tener padre a los cuarenta años porque hasta donde sabía ese Manuel Alatorre productor y guionista de tres o cuatro películas memorables, con premios en el extranjero, no había muerto.

No, no, su padre no estaba muerto y podía morir a su lado, aunque él no lo quisiera. Todo podía, finalmente, ser verdad porque la puerta de terapia intensiva que daba a esa sala de espera azul podía abrirse en cualquier momento para que alguien le avisara que Manuel Alatorre había muerto.

Diego recordaba que de niño se había enojado varias veces con su papá en silencio, en la soledad de su imaginación, porque estaba muerto, porque le daban envidia sus amigos con sus papás en el fut o en las vacaciones, o en todas esas cosas en las que están los papás cuando se ocupan de sus hijos. ¿Por qué no había estado con él? ¿Por qué había preferido morirse? Entonces asumía que su mamá lo quería más, no se había muerto y por lo tanto no podía enojarse con ella. Ay, niño, a veces no sabía ni qué sentir, y no alcanzaba a comprender sus sentimientos. Todo porque según la leyenda su padre había muerto cuando él era muy pequeño, a los meses de nacido. Un padre que ni siquiera dejó una fotografía. Y al ir creciendo se miraba en el espejo e intentaba a través de su rostro encontrar el de su padre; le era difícil porque como conocía tan bien el de su madre creía parecerse sólo a ella.
Se acostumbró a crecer sin padre, al cabo tenía mucha madre, le decía ella ufana, feliz de su obra y queriendo consolarlo para

intentar evitarle tanta soledad, para apoyarse y apoyarlo en su propio orgullo. Y también para acentuarle a él que era su hijo, sólo de ella y de nadie más. ¿No había sido ella quien a los siete años le compró unos guantes de box y lo enseñó a pelear como Dios le dio a entender para que aprendiera a defenderse?

Sí, su padre había muerto estando ella embarazada. Esa era la única verdad, no había otra. Teresa nunca quiso aceptar el derecho de Diego a saber la verdad. Y cuando él creció no podía decir otra cosa a pesar de reconocer esa derrota injusta de no haber podido ser madre y padre, de ser todo y lo único para él. Diego siempre se había aceptado así, sin padre, aunque a veces, sobre todo de niño, le expresó a ella que le hubiera gustado tener papá, que su papá estuviera vivo. Y con el tiempo su madre ya no quiso pensar más ni enfrentar la culpa que sentía porque además lo que empezó como un dolor de estómago fue cáncer. La palabra llegó delante de Diego, que la acompañó al doctor, es más que la llevó porque ella ya no aguantaba más el dolor y la internaron en urgencias para hacerle tomografías y mamografías y todas las grafías inventadas para los enfermos. Y no hubo duda, era cáncer. Teresa se mantuvo casi imperturbable ante el médico, apenas esbozó una ligera sonrisa como diciendo me lo imaginaba e hizo un ligero gesto de asentimiento con la cabeza. Diego quedó asombrado, aturdido porque no lo podía creer, porque lo que estaba viviendo es lo que le sucede siempre a otras personas y no a uno. El doctor, su propia madre, pudieron pensar que era fuerte, el doctor podría pensar también que quizá era indiferente, egoísta, pero no, sencillamente la palabra cáncer con todo su significado doloroso y agobiante, no cabía en su vida, no cabía en su mamá, todo aquello era un error y no había ni que llorar ni asombrarse ni ponerse a gritar. Teresa lo miró con una gran tristeza, estaba preocupada por él más que por ella, le tomó la mano y hasta entonces Diego comprendió que sí era posible que tuviera cáncer, ese cáncer que en unas cuantas semanas se fue adueñando del cuerpo de su madre y la convirtió en un cúmulo de estragos y la vio consumirse; vio cómo se le caía el pelo por una quimioterapia inútil, incapaz; cómo cada día era más blanca y más delgada y se le hundían los ojos; cáncer como perro hambriento y feroz que se escapó de la jaula y acometió rabioso contra el estómago, el intestino, el bazo, hasta que toda ella se volvió cáncer. Y en la cama, sin decir más, sólo se atrevió a una de sus últimas frases: por favor Diego, perdóname el daño que te haya hecho. Y él contestó que no tenía nada que perdonarle, que no le había hecho ningún daño, no digas tonterías, mamá, y a ella se le salieron unas lágrimas pausadas, delgadas, miró a su hijo con mucha ternura; consideró que aún queriendo, ya no tenía derecho a decirle la verdad, a decirle nada más. Tú sólo prométeme que me vas a perdonar y que vas a ser muy feliz. Sí, mamá, te voy a perdonar –le sonrió él también con sus lágrimas- y voy a ser muy feliz, ya lo verás

Cuando llegó el zarpazo final de aquel cáncer, Diego le repetía una y otra vez que la quería mucho; le decía todo lo que se le ocurría para detenerla, para agarrarla y que no se fuera; y no pasaron muchos días para que sus plegarias a Dios, al destino, a San Judas Tadeo, al universo, a todo lo que pudo pidieran que ya mejor se muriera su madre para librarse de los dolores que ya ni la morfina calmaban, para librarse también de aquella angustia y miedo y tristeza que reflejaban sus ojos hundidos, y por lo que Diego no podía sentir más que compasión y comprensión. Por mí no te preocupes, mamá; porque te quiero y me quieres ya vete en paz, ya no vas a sufrir; yo voy a estar bien.

A los pocos minutos de que murió su madre, sin saber por qué, Diego salió a la calle, quizá en busca de un ruido, de la luz. El día era espléndido, brillante. Se quedó parado en la banqueta. La gente pasaba ajena a que a ese hombre se le acababa de morir la madre. Porque todos somos ajenos, diario, al sufrimiento de los demás, ni lo pensamos. No tenemos por qué hacerlo, si lo hiciéramos la vida sería insoportable. Diego pensó que no encajaba un día así, una mañana así, con la muerte. Las personas siempre deberían morirse de noche, es lo lógico, la noche es el gran manto de la muerte. Se fue a comprar unos cigarros a la esquina. Hacía tiempo que no fumaba y se le antojó, quiso hacerlo como si fuera un deber, una obligación, como si el cigarro fuera un barandal para no caerse por las escaleras. Un par de minutos nada más, pensó para justificar que estaba dejando a su madre muerta sola. No, ella lo dejó solo. No te lo reprocho, mamá, es que me vino a la cabeza. Y sin desearlo comprendió también que no tenía un centavo, que la enfermedad de su mamá consumió todo. Pero sí tenía para los cigarros y los compró con los ojos ardiendo por las lágrimas contenidas. Y caminando despacio, aturdido por el mareo del cigarro, volvió a entrar a su casa, y a ver a su madre, y la besó en la frente y él también le pidió perdón otra vez, y ya no pudo llorar más porque tenía que ocuparse.

VII

- En la novela La cripta de los capuchinos, Roth pone en labios de un personaje   algo así como que una madre siempre espera la vuelta de un hijo, igual da si se ha ido a un país lejano o a la muerte. Claro, se refiere a un contexto de guerra. De cualquier manera, yo esperaba de algún modo tu vuelta, digámosle así. Muchas veces pensé en buscarte... no me atreví, no tuve la fuerza para irrumpir en tu vida sin saber si sería bueno para ti... o quizá para mí, te lo concedo... Siempre tuve la certeza de que si lo querías, lo deseabas de verdad, me ibas a buscar y me ibas a encontrar, y entonces yo te iba a recibir con mucha felicidad, sobre todo felicidad. Así es como ha sucedido. Déjame darte otro abrazo. Este abrazo es mejor, más sólido, ya han tenido tiempo de mirarse más a los ojos, de asumir que los dos son reales, que existen, que la llamada sí se hizo, que es jueves y que Diego ha llegado a casa de su padre y que su padre lo ha esperado y le ha abierto la puerta, y es cierto que se han escuchado la voz viéndose a la cara y que por fin, después de tantos años, se han tocado las manos y al terminar el abrazo Manuel le da unas palmaditas en la mejilla apenas atreviéndose a sacar algunas de las caricias que ni él mismo sabía que tenía guardadas para ese momento, si es que llegaba.

Ahí estaba, su padre estaba vivo, resucitado, no había muerto nunca; tenia una voz cálida y viril; delgado, no muy alto, con lentes y una sonrisa maliciosa, socarrona.   El personaje de una novela de páginas revueltas de varios autores, de Dos Passos a Philip Roth.

Diego no podía evitar pensar que no era cierto, que todo aquello tenía algo extraño, como si fuera de la dimensión desconocida. No se sentía mal, simplemente no sabía qué hacer

- Siempre creí que estabas muerto, con esa idea crecí. Hoy sigo sin saber qué pasó, dónde estoy, todavía no lo asimilo. Es muy raro. Por dentro me siento como si fuera otro. Me siento infantil, adolescente, y a la vez soy un hombre de casi cuarenta años que se encuentra con su padre de 65 o algo así por primera vez en su vida. Tú debes saber mejor que yo que las mentiras no duran para siempre…

- Y tal parece que el destino siempre tiene otros planes de los que no nos avisa.

- Sí, más o menos.

- Bueno, fuiste valiente. Qué bueno que lo hiciste… ¿Cómo está tu madre?

- Muerta. Cáncer como ráfaga. Ella murió sin decirme que estabas vivo. Nunca me habló mal de ti, no quiso hablarme mal de un padre que se había muerto -. Diego hace un gesto de ironía, también con un poco de pena antes de decirle y te llamabas Fernando y yo me apellido Estrada. Diego resopló. Esto va a ser un desmadre. ¿Qué, me cambio de apellido, me reinvento?

Le había propiciado a su padre dos golpes fuertes, bien colocados; no había sido tanto que quisiera darlos, salieron.

Hasta que pronunció las frases y se dio cuenta de su efecto en el rostro de su padre, es decir en su ánimo, en su alma, comprendió la dureza de lo que había dicho o de cómo lo ha dicho.

- Sí, lo supuse. Me refiero a lo del nombre, el apellido… no a lo de tu madre.

Su padre guardó silencio, digiriendo no cada palabra sino su significado, su sentido en el tiempo y en su vida. A duras penas su podía ocultar su pena y su desilusión.

Diego duda si describirle o no esos tres meses que empezaron con desconcierto y concluyeron en insaciable necesidad de morfina; no sabe si decirle cómo veía a su madre irse y él no tenía de quién agarrarse, cómo lo invadía esa sensación de quedarse solo en el mundo, de saber que cuando ella muriera muchos pequeños sucesos de su propia vida iban a desaparecer para siempre porque ella era el único testigo que quedaba de su infancia, la única persona que los recordaba. Y lo peor de todo era que ya no iba a tener a quién acudir en busca de consuelo incondicional. No sabe si decirle que se sentía desamparado y que sigue extrañándola, y que la culpa lo asaltaba con frecuencia para explicarse, sin lograrlo, por qué no hizo aquello o esto o por qué no la trató así aquella vez o aquella otra. Quiere decirle, confesarle a alguien, que acabó pidiendo a quien quisiera escucharlo, que su madre muriera y que él acabó tomando la decisión y que le dio una pastilla para acabar con todo aquel sufrimiento y que se sentía culpable aun sabiendo que había hecho lo mejor para ella y también para él mismo, y quisiera que su padre le dijera que no se avergonzara, que no se sintiera culpable... no se atreve, no se atreve... en realidad ni conoce al hombre que tiene enfrente. Y piensa que no debe estar hablando de su madre, que todo es demasiado.

- Pensé que todo esto lo sabía tu madre... que ella estaba de acuerdo en que me buscaras. Era una mujer admirable. Buena... fuerte...

En la mente, sin llegar siquiera a rozar los labios, Manuel se guarda la frase: firme su venganza hasta el final. Admirable. Y entonces dirige a Diego una mirada llena de compasión, que él no percibe.

- Sí, tan admirable que la dejaste sola – dijo Diego con un arrebato de coraje e ironía - simplemente no la quisiste y ya... - ¡Salió! Tenía que salir. No lo había pensado, no hubiera querido. Fue inevitable, como un acto reflejo: el movimiento telúrico surgió al escuchar la palabra "admirable", con una punzada en el estómago al contraerse los nervios, la sangre voló a la cabeza, el corazón se agitó, los músculos de la mandíbula se apretaron, todo en una milésima de segundo, y al escuchar "buena, fuerte" ya la escala Richter del enojo estaba demasiado alta.

Las palabras están en el pecho y la garganta de Diego para hacer erupción, piedras que se amontonan para ser arrojadas por un volcán; se contiene, mira a su padre que lo observa esperando y deseando, aunque Diego no lo perciba, aunque lo frene el miedo, que él preferiría que todas las palabras salieran volando por los aires. Retrocedió por temor a lo que pudiera seguir en la conversación.

- Bueno... Aquí estoy, vine a encontrarte... y te estoy encontrando... Me tardé desde que supe la verdad, te pude haber hablado antes. Y a ella... la extraño mucho, y creo que tampoco me porté con ella como debía...

-¿Qué más? Anda, Diego, dilo todo, es buen momento. No tengas miedo. Podemos empezar bien, sin disimulos. Si me buscaste para eso –él también sabe defenderse, no en balde es el padre- adelante. Venga –. Es firme, sereno y casi retador. No hay ni asomo de victimismo en su propuesta.

- No tengo miedo- le responde con un dejo de soberbia; no le gusta sentirse descubierto.

- No te preocupes por mí. Preferiría que digas ahora todo lo que quieras, lo que necesites decir, en vez de que se te siga pudriendo adentro. ¿Qué, te ensañaron que a los padres no se les juzga, no se les critica, no se les reprocha? Pues yo no estoy de acuerdo. Los padres no somos santos ni nada por el estilo; unos mejores y otros peores; sólo somos padres. Yo no me hago tonto, sé que te hice daño. Y para mi, óyelo bien, tu mamá fue una mujer admirable. No se te olvide que yo la conocí. Y ahí estás tu de muestra –lo señala con el dedo índice, firme- te estoy viendo, ya sé quién eres, de qué estás hecho, qué armas portas.

- No me conoces.

- No, no te conozco en detalles; en la esencia ya sé lo que eres, quién eres.

Diego resopla, baja la mirada, mueve la cabeza en un lento gesto negativo.

- No importa, de verdad. No entiendo cómo si la veías así y algo la habrás querido, la dejaste… ya no quiero hablar, de verdad, ni quiero que ahora me expliques nada. Yo estoy aquí porque vine a encontrarte... y te estoy encontrando. Esa es la verdad. A mi mamá... pues la extraño, como extraño a mi abuela. No tengo más parientes... bueno, ahora tú- Diego busca tender un puente hacia otro camino- ¿Tienes más hijos?... Creo que hasta me gustaría.

-No, no tengo, y tampoco me he casado nunca. ¿Quieres beber algo?

Un whisky pide Diego con la boca seca y mientras su padre prepara las bebidas, intenta decir algo, cambiar de tema y halaga el departamento, le parece de muy buen gusto, muy elegante. Buenos cuadros: Nieto, Tamayo, Michel, Sakai... sólo lo que el país produce, y que me gusta, claro. Me habría encantado tener un Miró –le dice su padre- sólo uno, me habría hecho muy feliz. O un Hooper. ¿Te gustan?

- Mucho, sobre todo Hooper... creo que va con mi personalidad... Y Pollock...

desde antes de la película...

- Hooper es muy melancólico, desencantado y mira que no tuvo para nada una

vida extraordinaria o escandalosa... ¡Y Pollock, bueno! Todo lo que digamos de él es ya un lugar común. ¡Salud! Ora sí que como decimos los mexicanos "por el gusto". Y le sonrió y le guiñó un ojo, y Diego empezó a sentirse mejor, mucho mejor.

VIII

Es muy agresivo sacar el ventilador para al poco tiempo volverlo a poner. Aun así había que intentarlo. Llevaba casi una semana con él. Era necesaria la prueba, que él absorbiera oxígeno por sus propias fuerzas. Los enfermos se acostumbran al aparato, es una comodidad, se hacen dependientes, aunque los tubos son muy agresivos, y los músculos que ayudan a la respiración se atrofian. La boca no puede cerrarse, los labios no se tocan, no pueden humedecerse con la lengua, también seca, inmóvil. Se lastiman las cuerdas vocales, la garganta se hiere.

- No pudo. Lo siento. Se lo tenemos que volver a colocar. Haremos otra prueba después, más adelante. Le vamos a cambiar la alimentación para fortalecerlo más, sin excedernos. No se desanime, por lo demás su padre está bien. Afortunadamente no ha tenido complicaciones y la infección del hígado ya cedió prácticamente. Tenga paciencia y confianza, no hay más.

Eran más de las once de la noche cuando llegó a su casa, cansado y con desaliento. Todo estaba oscuro y empezó a percibir el miedo que se le gestaba. Desde el atardecer se había removido en él la bacteria de la desesperanza y el desasosiego, el temor a que la lucha fuese en vano.

Su casa era vieja, pequeña, con muchas maderas, en la calle de Tapachula en la colonia Roma, que ha vivido siempre historias de fantasmas; una casa en la que, por sus años, alguien más debió morir en ella además de su madre y su abuela, una zona en la que se vivió el dolor intenso y la angustia colectiva por el terremoto del 85. Dejó atrás una puerta y se inquietó, como siempre, ante la posibilidad de una presencia; volvió el rostro: no había nada ni nadie, sólo la oscuridad.

Intentó cantar, pero hacerlo le causaba más miedo, como cuando canta un niño en una película de terror, como si el canto fuese una especie de invocación del mal.

La noche llega con su silencio lleno de resquicios. La noche es de todos, pero la oscuridad es personal, cada quien la vive con sus propios misterios, en sus propias cavernas, con sus propias fantasías. Diego cree en los fantasmas sin necesidad de haber visto jamás uno solo; teme encontrarse con lo inexplicable, con aquello en lo que ha pensado infinidad de veces, ha racionalizado inútilmente sin lograr evitar que una noche cualquiera el miedo se le aparezca y se le incruste en las entrañas intangibles. Miró inquieto esa ventana oscura, sin cortinas, que daba al pequeño patio interior.

La oscuridad, el cansancio, el silencio de la noche, el temor arraigado desde miles de años, propicia que los crujidos de la madera se tornen amenazantes, agresivos. El miedo en la soledad no perdona. Puede ser que los miedos que se sienten cuando se es niño preparen para vencer los que llegan cuando se crece. Unos miedos desaparecen, surgen nuevos y otros viejos se transforman y se carga con ellos para siempre. Son un lastre y a la vez un tesoro maldito incapaz de quedarse enterrado en isla alguna. Se queda siempre en el archipiélago de las emociones, con el cofre abierto para lanzar su brillo diabólico y hechizante. Con el paso del tiempo los miedos provocan confusión en la existencia, frenos, barreras, inseguridades casi insalvables. En ocasiones surgen los más graves, los que tienen que ver con la semilla de maldad y locura que todo ser humano lleva dentro. Miedo, otro dios que guarda silencio y se nutre de nuestro propio ruido ante él. El miedo tiene muchos rostros y se convierte en legión.

Los miedos se acumulan; los de la infancia y los de la madurez se se enredan, son pulseras y collares del mismo cofre, que se tornan cadenas insostenibles, grilletes con llaves desaparecidas; miles de gusanos en una misma vasija en nuestro estómago, en nuestro cerebro. A veces están adormecidos, y el más mínimo movimiento, el menor desequilibrio de la vasija, golpe de las olas en el cofre, los agita y entonces el corazón se sobresalta, acelera su ritmo como si pretendiera así iniciar una carrera de huída y del cofre surgen infinidad de seres del horror, vibraciones, reflejos fugaces, recuerdos de imágenes perdidas desde tiempos inmemoriales, temores inexplicables, debilidades que ahogan. El miedo que causa la vida, el sentimiento atroz de la pequeñez. Diego cerró los ojos y una fuerza poderosa, que hizo vibrar sus sienes, le hizo abrirlos de nuevo, abruptamente, y mirar la puerta que se mantenía quieta, vacía. Diego suspira profundamente. La oscuridad y el silencio lo observan.

Nadie puede escapar de sus miedos, tan personales, intransferibles, incomparables con los de otros. Son vencibles y a la vez inmortales en cíclicas batallas que resurgen como maldición, y estarán con nosotros hasta el último día. Y cuando los abandonamos por la muerte, van y se incrustan en otro ser humano que habrá de vivirlos. Es nuestra herencia. A todos los miedos les ponen el disfraz de nuestra valentía.

De nada te han servido tus reflexiones sobre el miedo tantas veces como si poniéndole palabras pudieras conjurarlo. Lo piensas racionalmente y así apenas te acercas al miedo irracional, el peor de todos.

Diego se dolió de estar solo, habría querido pasar la noche abrazando un cuerpo, no, un cuerpo no, el de Aitana. Encontrarse en una mirada que lo consolara y le tendiera la mano; en una mirada de amor. Encontrar la mirada de Aitana cuando lo amaba. Estaba solo, como su padre en terapia intensiva. Y en la cama rezó, pidió ayuda, que es pedir consuelo. Y pidió a su madre y a su abuela que lo cuidaran. Estaba hecho un niño que se fue quedando dormido con la luz prendida cobijándolo del miedo.

IX

A las ocho de la mañana la sala de espera de terapia intensiva estaba llena de jóvenes, muchachos y muchachas universitarios. Una danza de pantalones de mezclilla, de camisetas, de ombligos al aire, rostros de circunstancia más que de pena. A esa edad, la muerte no tiene explicaciones y la vida no es un milagro sino un hecho natural. La edad del presente perpetuo. A pesar de la cantidad conservaban cierto orden sin hacer   escándalo ni desbalagarse. El pasillo que daba a las puertas de la sala de terapia intensiva estaba lleno de muchachas y muchachos sentados en el suelo. Todos los sillones ocupados. En uno de ellos, un señor, de unos 65 años y su esposa. El hombre tenía un rostro inteligente, con el cabello cano en un atractivo desorden, y la señora un rostro bueno y sereno; junto a ellos había otro hombre de aproximadamente 30 años. Diego se acercó a la puerta de la sala de terapia intensiva. Una enfermera le impidió ver a su padre. Tenían mucho trabajo; le pidió que por favor esperara hasta la hora de visita, a las 11 de la mañana. Diego argumentó que esos jóvenes entran uno por uno. Y recibió la explicación que lo apenó: es un caso especial, están donando sangre, aquí, directamente.
Regresó a la sala de espera. No había dónde sentarse.
    -Venga, le hacemos un huequito – le dijo la señora amable, con una voz cálida, de buen humor.
Diego se turbó y sonrió. En realidad tampoco quería estar ahí sentado, apretado entre tanta gente. Lamentó no llevar un libro. Un joven se levantó.
    - Siéntate aquí- le dijo.
    - Gracias, así estoy bien – respondió tratando de ser amable. Se percató de que para esos jóvenes él era mayor. Hacía tanto que no tenía verdadero contacto con muchachos de esa edad. El, que siempre se ha tomado la vida tan en serio, demasiado en serio, sintió un pequeño golpe de nostalgia por sus años de universitario

en la Facultad de Filosofía y Letras. Hacía ya quince años que fue por última vez a tomar una clase. Los muchachos que salían de la sala de terapia intensiva se iban yendo, y llegaban otros: aquello no cambiaba.

- ¿Lleva muchos días aquí? – le preguntó la señora.
- Sí… en realidad ya no sé cuántos… creo que una semana.
- ¿Y a quién tiene allá adentro?
- A mi padre.

Una estudiante se acercó a despedirse; no está mal, juzgó Diego, con esa costumbre arraigada de revisar siempre con la mirada a todas las mujeres que le pasan cerca. A unas las mira por feas, las observa con detenimiento incrédulo; a otras, desde luego, por guapas, por atractivas, por sexys; a otras porque considera ridículo su atuendo, mujeres que se miran en espejos mentirosos; a unas más simplemente por elegantes. Las mira a todas, sin disimulo, carencia de disimulo que más de una vez ha incomodado a la mujer con la que cenaba o comía o caminaba. Y esa estudiante era guapa, fresca, natural, con los pantalones en seductor equilibrio que pareciera frágil en el extremo de la cadera.

- Hasta luego, señora. Si hace falta vuelvo a venir, de todos modos yo estaré al pendiente – le dio un beso a la señora y ella la miró con ternura al decirle gracias.

- Adiós, maestro –el hombre que apenas sonrió- Ya verá, Francisco va a salir adelante.

- Francisco es nuestro hijo – le dijo la señora a Diego- tiene leucemia y le están haciendo una diálisis, por eso vinieron todos estos muchachos, son sus alumnos, y de mi esposo. Mira, te presento a mi esposo.

- Mucho gusto– dijo Diego lamentando en el instante su frase hecha. El hombre lo miró con amabilidad sin decir nada- Bueno – agregó- sí me da gusto- . El hombre le sonrió, si lo tuviera cerca le daba una palmada.

Diego estaba conmovido. No sabía qué decir. Pensó que ese

hombre con leucemia debía ser de su edad más o menos. Y que estaba ahí, en terapia intensiva, rodeado de cariño. ¿Cómo harán las personas para generar tanto cariño alrededor de ellas, para tener tanta gente que las quiera y dispuestas a hacer un sacrificio por ellas?

- Si quiere yo también puedo donar sangre – dijo Diego impulsivamente, con el deseo de ser partícipe de una comunión.

- Muchas gracias– le contestó el padre de Francisco -; de verdad te lo agradezco, pero no estás en una situación fácil, tienes que estar fuerte. ¿Qué tiene tu papá?

- Neumonía, enfisema, una infección en el hígado... parece que va mejorando – Diego hablaba con bochorno, con cierta pena, no concebía cómo podía hablar de su situación ante esos padres que tenían a su hijo allá adentro, en una última posibilidad.

- Ten confianza – le dijo la señora y detrás de sus anteojos su mirada brilló. Ella y su marido se han amado, están en paz; su amor –pensó Diego- es más fuerte que su dolor. Y ya no queda mucha gente así.

Francisco padecía leucemia desde los doce años. Era astrofísico, con un doctorado en el MIT. Tenía treintaicinco años. Había venido a dar un seminario en la UNAM, tenía muchas ganas de hacerlo porque en esa universidad estudió su licenciatura y la maestría. Como fue uno de los tres mejores promedios de su generación, el MIT, aun sabiendo su enfermedad, lo becó. Sus padres salieron huyendo de Chile cuando el golpe de estado de Pinochet. Su padre era el doctor Abraham Paksvit, profesor e investigador. El gobierno mexicano le ofreció asilo y trabajo. Su hijo había librado muchas batallas; en Harvard lo habían atendido siempre. Quizá se salvara una vez más.

- Claro que no perdemos la esperanza. Ha sufrido mucho y con gran resignación. A veces no nos explicamos de dónde ha sacado tanta fuerza para hacer todo, para no vencerse - a la señora pareció humedecérsele un poco la voz, sin dejar ir su sonrisa de los labios –. En, fin, Dios es el que decide.

Diego la contempló. No era sencillo comprender cómo unos padres podían pensar de esa manera, con esa resignación, y por un momento pensó que porque hay gente como ellos, como Francisco, es que el mundo no ha explotado de una vez por todas.

Para Diego el padre de Francisco pertenecía a esa rara especie de los padres enteros, con capacidad de amar, enseñar y dar libertad, y estaba seguro de que ese padre pudo completar su obra gracias a la mujer que tuvo a su lado.

- Estos momentos son difíciles. ¿No tienes hermanos? –le preguntó la señora.

- No, soy hijo único, y mi madre murió hace menos de un año.

La señora se le acercó, lo tomó de las manos.

–Quiérete mucho, necesitas quererte mucho para aguantar esto. ¿Te quieres, verdad?

Diego no respondió de inmediato. Nunca, nadie le había hecho esa pregunta. Nunca se lo había preguntado a él mismo.

- Sí, creo que sí – contestó al fin.

- Pues no creas, tienes que estar seguro, sentirlo. Mereces quererte-. Lo besó en la frente.

A Diego los ojos se le humedecieron. El nudo en la garganta era real, no metáfora. Se levantó. Las lágrimas empezaron a fluir. Entró al baño. Lloró, sollozó, las lágrimas se desbocaron. El dolor del alma es como un calambre en todo el cuerpo surgiendo desde las entrañas. Le dolía el pecho, le zumbaba la cabeza. Se miró en el espejo y era la imagen del desamparo. Se llevó las manos al estómago y se lo apretó; quería gritar; no podía pensar en nada, todo él era un sentimiento sin tiempo, sin luz ni oscuridad, hasta que se quedó quieto y el sollozo amainó lento, piadoso, escurriéndose sin fuerzas. En el lavabo se echó agua fría en la cara, mucha agua. Entró uno de los muchachos; se ignoraron.

Finalmente se secó, se miró de nuevo en el espejo y tenía los ojos hinchados, rojos. Se sentía mejor, aliviado. Las lágrimas acabaron por reconfortarlo. Salió del baño y había un revuelo silencioso en la sala. Los muchachos estaban de pie, callados, una muchacha lloraba abrazada a un amigo. Los papás de Francisco no estaban en la sala. Preguntó a uno de los muchachos qué había sucedido.

- Hace unos momentos nos dijeron que Francisco murió.

Después recordaría a aquella madre. *Era como la esperanza, serena y tibia. Las palabras eran su voz, ese tono que las dotaba de certezas. Hoy todavía las escucho y no quiero perderlas nunca. Me gustaría saber dónde está usted, cómo lleva el pedazo de vida que le queda, no por los años sino por la ausencia que se le incrustó y que nada podrá ya quitarle nunca. Me gustaría darle un beso que se me quedó atrapado, que todavía traigo guardado, señora que no quiero olvidar, señora de nombre perdido, de rostro inolvidable, hecha de amor.*

X

-Hay mujeres que no se quedan con los hombres a los que aman, se quedan con aquellos con los que creen que deben estar. Esa es parte de la gran determinación y obstinación de las mujeres, aunque a veces uno piense lo contrario. Y claro, también son mucho más firmes que los hombres cuando deciden mandar una pareja al demonio.

- Los hombres son iguales. No veo la diferencia.

- No, no somos iguales, somos mucho más cobardes. La diferencia radica en el sentido de la verdad. Ellas actúan con la verdad adentro de ellas, aunque nos mientan. Nunca sabemos si nos mienten, y siempre saben cuando mentimos. Si un hombre se queda con una mujer sin amarla no es porque sienta que es lo que debe hacer por tal o cual razón, se queda por el terrible miedo a estar solo. Las mujeres no tienen miedo de estar solas, aunque a veces les pase; son más decididas para eso, más firmes.
Con esas palabras terminó su padre la diatriba que habían iniciado para discutir por qué Ilsa no se queda con Rick en Casablanca, una discusión siempre eterna, siempre llena de dudas para los amantes de esa película, para los soñadores del amor.

- Muchas veces he pensado en la noche que pasó Rick en el tren después de leer ese recado tan cruel de Ilsa. Una noche llena de preguntas sin respuestas, de rabia, de ansiedad, una noche de obsesión dándole vueltas a la realidad que no se puede cambiar... ni entender. Esa es una de las maravillas de esa película...

- ¿Te has enamorado profundamente, Diego?

- Sí... sí... y no tuve el valor de dar marcha atrás, de buscarla... Esperé que ella lo hiciera. Quizá ella esperó lo mismo. O quizá no esperó nada, quién sabe.

- La soledad de a de veras no empieza hasta que has amado y viene el rompimiento. La soledad adquiere la dimensión del vacío... todos los objetos alrededor pesan... todos son como la piel, los ojos, la risa de quien se ha ido...

- Ella se fue... y me amaba. Me dejó con todo eso de lo que hablas. En ese aspecto quizá a ella le fue mejor.

- No te creas... A ella todo lo nuevo le recordaba tu ausencia... estoy seguro. Todo lo material que poseemos tiene una carga, un sentido emocional. La vida sólo tiene el significado que le damos. Sólo nosotros podemos comprender el sentido de nuestra existencia. ¿No te has dado cuenta qué difícil, a veces qué impotencia se siente cuando no podemos ayudar a alguien en un problema emocional? Nada de lo que decimos tiene sentido porque no hay palabras para hacernos entender realmente lo que el otro siente, y no tenemos palabras porque no estamos en la esencia de su dolor o de su sufrimiento, para consolarlo de verdad. ¡Hasta el consuelo sólo sale de adentro de uno mismo!
Manuel dio un sorbo a su café, con la mirada recorrió su entorno.

- Todo se carga de recuerdos. Algunas cosas mantienen la emoción original y otras transforman la emoción, adoptan otros instantes, otros momentos... como si cambiaran de almas... Yo siempre le tuve miedo al amor... es una de mis faltas con la vida… El amor es muy exigente. El amor requiere esfuerzo porque es un acto creativo, requiere entrega, determinación y gozo…paciencia, generosidad... ¡Carajo, requiere todo! ¡Es tan difícil!.... Quizá por eso ahora las parejas duran mucho menos, ya ni siquiera te hablo de los casados. Yo siempre busqué relaciones fáciles, que me dieran pretextos para mantenerme un poco al margen. ¿Me explico? Que la propia situación impidiera que yo tuviera que dar más, que comprometerme. Egoísmo puro, de la mejor calidad –hay cierta ironía en el tono de su voz, con gotas de tristeza de limón-, una pena, quizá. O una culpa muy grande. Negarse al amor es una forma de autodestrucción muy filosa, lenta y duradera. Un día en tu vida sientes que el amor causa dolor, sufrimiento... y decides cerrarte a él. No es una decisión consciente, claro que no. Creces con ese candado, y también un día, muchos años después, te das cuenta de que lo tienes ahí, de que quisieras abrirlo, hacerlo estallar, romper la cerradura, recuperar tu libertad para el amor. Quizá ahora... en fin... otro día te contaré una historia.

-No, pues de una vez.

-Otro día. Si algo tenemos ahora es tiempo.

-¿Tú crees que se herede?

-No, no creo. Uno se va haciendo así... O como te digo, un día te vuelves así y no sabes en lo que te convertiste. ¿Te da miedo la soledad?

-A veces sí... y a veces ya he pensado que me gustaría tener un hijo al menos.

-¿Después de aquella mujer, con la que te casaste, te volviste a enamorar?

-No... me paró de cabeza parece que para siempre. He tenido novias, por decirlo de alguna manera, pero no como ella.

-¿Y por qué no reculas? La sabiduría indica que nunca se debe mirar atrás, y parte de la sabiduría es romper las reglas. ¡Dímelo a mí!

Ambos ríen. La calidez está con ellos, entre ellos. Diego mira unos instantes a su padre que tiene la mirada puesta en una distancia sólo por él recorrida. Se está tan bien con él bebiendo vino, tomando café.

Diego salió del hospital. El recuerdo de esa conversación con su padre lo puso de buen humor. No tenía rumbo, sólo necesidad de aire, de ver un poco del mundo que en esos días se le olvidó casi por completo. Decidió caminar. Le gustan las calles con cafés y restoranes y tiendas de lujo del México próspero. Miró bajar de una camioneta a una mujer guapa, con pantalones ajustados y blusa de seda y cabello castaño largo, volátil. Una así me recomendó el doctor, sonrió para sus adentros. La siguió con la mirada hasta que entró a una tienda de ropa para hombres.

Comprará un regalo para el hombre que ama, o que le gusta, quizá para su esposo. O a lo mejor tiene un amante al que consiente. Le gustaría ser ese amante consentido. Siguió su camino y pasó por una cafetería llena de jóvenes, con mujeres que no rebasan los treinta años, esplendorosas en sus minifaldas, en sus jeans y con sus tops. Vio pasar caminando una mujer distinguida, madura, de pelo canoso y hermosas piernas, muy derecha, con cierta prisa. De esas mujeres que tienen un atractivo especial que rebasa con mucho el de la mera juventud. Finalmente se metió a una librería. Escogió libros y discos con detenimiento, con placer. En la terraza de la librería se sentó a tomar un café. Sacó sus libros de la bolsa, disfrutó tocarlos. El rostro de Steiner en la portada de *Errata* era generoso, pícaro. A ver si hoy en la noche leo *El Husar*, este libro lo tenía Aitana y me quedé con ganas de volverlo a leer. En algo me recuerda *La roja insignia del valor*, y se la hice leer a Aitana. ¿Y qué pasaría si le hablara? ¿Estará con alguien?

Dos años atrás se la encontró cuando él salía en una enésima exposición de Rivera. Iba con otras dos amigas. Se saludaron con gusto, él un tanto turbado, ella segura. Unas cuantas palabras. Miradas a interpretar hasta que se despidieron con un beso en la mejilla. Le gustaría verla. Sí. Hablar con ella. Hablar con alguien que lo lleve a sus propias emociones. Le daba miedo, ese miedo a que la fantasía no se realizara, a que ella no quisiera con él, a quedarse callado en el teléfono después de la negativa, a saber, una vez más, que todo acabó entre ellos…

-¿Aitana?

-Hola, Diego, ¿cómo estás?

-¿No te molesta que te llame?

-No… no, me sorprende.

-Sí, hace tiempo… Te hablé porque necesito verte, me gustaría verte… La verdad es que la estoy pasando medio mal y…

-¿Qué te pasa?

-Mi papá está en el hospital…

-¡¿Tú qué?! – ella está, por lo menos, asombrada, y totalmente desconcertada.

-Sí, mi papá. Ya te contaré… Resucitó – Diego ríe un poco forzadamente-. Hace más de una semana que estoy metido en el hospital, no he hablado con nadie y… bueno, quiero hablar contigo… si puedes, yo entiendo que…

-Sí, si puedo. ¿Dónde quieres que nos veamos?

-No sé, me da igual. En un lugar donde podamos hablar, ya sabes que no aguanto los lugares llenos de gente.

-Sí –y ella suspira arrastrando un recuerdo- ¿Quieres venir a mi casa?

-¿No te incomodo?…

-¿Quieres venir?

-Sí, si quieres, sólo quiero hablar contigo.

Ella vuelve a sonreír – Ya lo sé, Diego. ¿Te parece a las cinco?

-Sí, muy bien.

-¿Sabes cómo llegar?

-Sí, me acuerdo muy bien.

-Bueno, aquí te espero.

Pensar en verla con certeza lo alegra, lo ilusiona. No, no va a ir tras lo irrecuperable; va por lo que quedó, quizá porque quisieron que quedara algo para algún día como ése. Mira el reloj: ¿apenas son las 12.30!

La sala de Aitana tiene la facultad de deslizarse en la mirada, es plácida, como si abriera los brazos con sus colores tenues, espaciosa, con persianas de tela que, generosas, se han recogido cerca del techo para dejar que la tarde se meta con su luz un poco cansada. Los cuadros cuelgan tranquilos, ninguno hace estridencias ni provoca, todos atraen en armoniosa complicidad. Y lo mejor es ella aunque se ha cortado el cabello. Diego sólo la recuerda con el cabello largo, siempre un poco debajo de los hombros. Tenía la cintura delgada y la sigue teniendo. Sus piernas eran hermosas y así las adivina debajo de los pantalones color crema, adornados con un cinturón de eslabones dorados. Su busto permanece digno, sobrio, con su tamaño de melocotones; ahí está oculto bajo esa blusa de seda marrón. Ella está bien y su rostro lo expresa y lo ve como siempre, con ternura porque lo quiso tanto… hasta que un día se fue para vivir mejor, para no ser de él.

Y él está un poco nervioso, tres años puede ser mucho tiempo cuando las parejas que se han amado no quieren verse porque al verse, no, al contemplarse, la libertad pierde terreno.

Ella le sirve su whisky en las rocas, "pocas rocas", decía él siempre ¿lo seguirá diciendo?

-Sí, siempre digo así.

La sonrisa de ella que para él es otro abrazo como el que le dio al recibirlo. Una mujer que no temía expresar su amor, guardado sin dolor. Cómo no abrazar a un hombre al que se amó, aun a pesar de él, que no se dejaba amar, que no sabía amar aunque tenía tantos deseos de hacerlo.

-Te ves muy guapo. Ahora sí ya estás hecho un hombre.

-Sí… bueno, me refiero a lo de hombre, lo de guapo no sé y tampoco me importa mucho.

-Pues debería, porque estás muy guapo.

El, vencido, intenta una sonrisa. La mira en silencio, no sabe por dónde empezar. Los ojos de ella brillan, su rostro es paciente aunque se muere de impaciencia. Lo conoce bien, sabe de las cosas que le cuestan trabajo y expresar sus sentimientos es una de ellas. Ha ido por consuelo, y no le gusta pedir consuelo; ha ido por calor, y tres años después sólo ella se lo puede dar, que ya no está con él, y es a ella a quien necesita, tan bien lo sabe ella que aguarda permitiendo que en su mirada la paciencia adquiera brillo de amor que a él lo turba y lo conmueve. Ella lo amó y no puede verlo de otra manera porque, afortunadamente para ella, nunca lo odió, y no tenía por qué; las derrotas no tienen por qué volverse odio ni olvido, mucho menos indiferencia.

-Mi papá está muy grave en el Sanatorio Español... en terapia intensiva. El diagnóstico más certero es paciencia y esperanza. ¿Qué te parece?

Pocas cosas tan hermosas como la mirada de una mujer que se empieza lentamente a vestir de compasión. Y él, que sigue recibiendo lo que tanto anhela, quiere llorar, sus ojos lo delatan, se aguanta y ella lo abraza, quisiera besarlo en la frente de esa cabeza que quiere agacharse, pero se contiene.

-Si quieres llorar, llora, que no te de pena, lo necesitas.

-No, no... No he hablado con nadie. Y ya no podía más. He esquivado a la gente...

-Sí, me lo imagino; debe ser muy duro. Todo me parece muy duro.

-Es que no quiero... ¿cómo te lo explico? No quiero distraerme de lo que siento, quizá así es. No quiero estar con nadie en el hospital. Lo que he vivido ahí ha sido muy importante, me ha tomado por sorpresa. Me estoy dando un baño de vida. Si hubiera estado algún amigo no habría sido lo mismo. Ya sabes, siempre te lo decía: la soledad te sensibiliza.

Ella le toma la mano y se la acaricia.

- Te está doliendo mucho, te exiges demasiado. ¿Y tu mamá? – pregunta sólo para escuchar claramente la respuesta que intuye.

-Murió hace hace meses, todavía no cumple el año. Le dio un cáncer feroz, y bueno, le dio tiempo de decirme algo... y apareció mi papá, bueno, yo hice que apareciera, y ahora no quiero que se vuelva a ir...- y nuevamente las lágrimas quieren salir. Y ella lo contempla y sus ojos empiezan a tener el brillo de la humedad; rápidamente su voluntad detiene a sus lágrimas solidarias, inoportunas.

-¿Y por qué no me avisaste? ¿No pensaste que me hubiera gustado despedirme de ella...? Fue mi... mi suegra... nos queríamos. Me hubiera gustado darte un abrazo... eres muy egoísta, Diego... muy torpe - ella se detiene. Ya habrá tiempo de decir esas cosas y si no lo hay, mejor. Diego está ahí por ayuda-Apenas imagino cómo te sientes.

El calla, es la mejor respuesta que puede dar porque ella tiene razón. El también. Ella le pasa la mano por el cabello como a un niño travieso.

Lentamente, como contando cuentos, le habla de la gordita y su mamá - evitando el episodio del baño, esa maldita manía temerosa a no decir nunca toda la verdad a las mujeres, lo que aprendió de su madre -, del peregrinaje de los jóvenes esperanzados, de los padres bondadosos, del doctor que parece comprender, que no ha sido tocado todavía por la indiferencia. Le explica por qué necesita a su papá, se lo explica de nuevo porque antes se lo explicó mucho veces sin entenderlo él mismo, sin quererlo aceptar.

-También piensa que él te necesita y díselo. ¿Por qué sólo tú has de necesitarlo? ¿Ya le has dicho que quieres que viva para estar ahí si te necesita, para que él también te diga cosas que él quiera decir, y no sólo te escuche? Dile que vuelva porque tú lo puedes ayudar. Está bien que pidas, Diego, pero también ofrece.

El la ve fijamente y aquél llanto que quedó atrás hace unos minutos se transforma en unas lágrimas lentas, suaves, gotas de luz.

-Sí... -suspira- yo sabía que debía verte.- Da sorbos al whisky porque tiene la garganta marchita.

- Y me verás cuantas veces me necesites.

Toda certeza lleva consigo una pausa pues los ángeles que rondan a veces requieren silencios para poner sus sellos.

- Cuéntame de tu trabajo– le pide ella cuando en realidad lo que quisiera es que no le contara nada, la mirara intensamente y se atreviera a soltar toda esa cantidad de palabras que le percibe atoradas en la garganta.

Ella lo mira con alegría y le da más confianza. El sonríe

conociendo el juego..., ese de tú puedes y has podido y podrás aunque no deje de darte miedo el poder y porque a veces tu voluntad es más fuerte que tú mismo.

- ¿Te acuerdas de aquello de: ¿quién va a poder más, mi fuerza de voluntad o yo?

El recuerdo se envuelve en carcajada compartida porque ¿de qué sirve el amor guardado o expandido si no se ríe?

El no logra decir ni la mitad de lo que quería, de lo que había imaginado cuando iba hacia su casa, ni la mitad de todo lo que quería decirle aunque al despedirse, ella le da un beso en la mejilla y él pronuncia la única simple y sencilla palabra que puede decir y para ella resultó suficiente.

Después de cerrar la puerta suavemente, ella se sentó donde él había estado y bebió un trago del vaso que él estuvo bebiendo, y empezó a llorar lenta, silenciosamente, para que la otra mujer que hay en ella, la que ya no estaba con él, la deje un rato en paz, con su tristeza.

XI

El anochecer denso, friolento y grisáceo, con un tránsito endemoniado, lento, con los sonidos de claxon ensordecedores, con los semáforos incapaces de contener tanto vehículo. Un niño de unos doce años se acercó y le echó agua y jabón en el parabrisas, el trabajo de los niños de la calle. Diego se buscó unas monedas y se las dio. Es tal el atorón que le pudieron haber lavado el coche completo. A veces los recuerdos se atraviesan como gente por la calle, como personas que no hemos visto en años y nos encontramos en un almacén o en un restaurante. En ocasiones nos da gusto el encuentro, en otras nos deja un sabor amargo, o indiferentes.

Diego recuerda aquel día, de los primeros del reencuentro. El estaba en el estudio de su padre, y Manuel parado junto a un librero, con un vaso de whisky.

- Yo me porté muy mal con tu mamá. No me quise casar con ella, los dos éramos muy jóvenes... ella tenía dos o tres años menos que yo. Simplemente desaparecí, tres, cuatro años... Lo único que puedo decir en mi defensa es que me dio un miedo enorme, hice mal...

- No quiero saber, o no quiero saber más de lo que sé –Diego lo interrumpió tajante-. Por lo menos ahorita. No intentes justificarte, mejor deja que yo te pregunte algo cuando quiera. Yo te he buscado porque quise encontrarte, saber lo que era realmente tener un padre, bueno, lo que podía saber a estas alturas. Ya una vez tocamos ese tema y no fue muy afortunado. No hablemos... quizá con el tiempo...

Y su padre ya no habló. Ahora Diego entendía que su padre necesitaba hablar, sacar lo que llevaba adentro; justificarse, encontrar una explicación ante su hijo, o quizá simplemente decírselo a sí mismo. Diego no comprendió, y no fue esa la única ocasión. Una vez más pensó sólo en él. Creía que sólo él tenía derecho a ser escuchado, porque era él quien se había quedado sin padre, a quien habían engañado, y tampoco se atrevía a permitir la menor conversación que llevara a la posibilidad de que aflorara ese sentimiento, esa necesidad tan temida de juzgar a su madre, enojarse con ella, pues finalmente, ella había creado la mentira.

Cuando llegó a su casa, estaba exhausto. Todo, como siempre, era silencio. La señora que fue a hacer la limpieza le dejó una nota para que le comprara jabón para los trastes y la ropa y un limpiador de pisos. ¿Dónde anda, señor? Le dejé hecha una sopita de fideos en el refrigerador y unos frijolitos como le gustan, con aceite de oliva. Si no va a estar el lunes déjeme un recado, por favor. Firma: la Señora Félix. Diego sonrió. Siempre se ha firmado La Señora Félix, le debía gustar mucho que la llamaran así, como si nunca hubiera sido otra cosa, ni niña ni joven, sólo Señora Félix. Tomó un poco de Cocacola y se recostó en el sillón de la sala. Se colocó las manos sobre el pecho, el cansancio lo estaba venciendo, cerró los ojos y le pareció escuchar, lejana, la voz de su madre diciéndole no te pongas las manos así. Reaccionó, como si lo hubieran despertado y se dio cuenta de su posición, de encerrado en un ataúd y le cayó encima, en toda la piel, en todos los órganos, en todo su cerebro, cubriéndolo de un espeso aceite invisible, de paladas de arena, la sensación de la muerte: él también iba a morir, un día, quién sabe cuál, cerraría los ojos para siempre. Un miedo nuevo, diferente a los anteriores. Por primera vez en su vida tuvo plena conciencia de su propia muerte. No sólo pensó en ella sino también percibió la advertencia, el presagio, la presencia interna de la muerte; nació con ella, como todos, y ha ido creciendo como él, en su interior, como un apéndice etéreo, como el cáncer que corroyó a su madre. Cuando murió, la muerte era de ella, en ella, entonces no pensó en la propia. Era su madre quien moría, otro ser, amado, entrañable, pero otro. Ahora, en ese instante, quien sentía su propia muerte era él. Se angustió, no pudo detener esos pensamientos, ni siquiera cambió de posición, debería haberse levantado para alejarse de la muerte. Había algo de morboso en su sentimiento, como si quisiera atisbar ese abismo, obtener una mínima información previa. ¿Quién estaría a su lado? Si fuera una hora más tarde, nadie, al día siguiente quizá sus amigos, nadie más; Beatriz seguramente, sí, ella iría al velorio. También Aitana, si se enteraba. Al velorio de un hombre sin huella alguna, que no dejaba nada más que su voz en programas de radio, algunos textos para revistas. Irían algunos ex compañeros de trabajo. Hacía tiempo que no daba clases así que ni alumnos como aquellos que habían ido a donar sangre para Francisco, inútilmente. Estaba solo, ese viejo sentimiento tan familiar, tan propio de los hijos únicos, envidiados por todo el mundo. Puso los brazos a los lados. Pensó que así habría de morir; esa será su posición cuando llegara el momento, con los brazos sobre el pecho o a los lados; nadie tendría siquiera que acomodarlo para meterlo a la caja. Tuvo la certeza en ese momento de que su muerte no sería abrupta ni violenta ni emocionante en el último instante sino tranquila, casi cómoda. No cambiaba nada porque de todas formas era muerte. Lo asustó la idea de morirse dejando solo a su padre y reaccionó y se enderezó. No estoy para seguir pensando pendejadas ahorita. Me voy a morir un día, no hoy ni mañana. Se levantó y encendió el aparato de sonido y empezó a grabar un CD con música de Errol Garner, Art Tatum, Jelly Roll Morton, Willie "The Lion" Smith, Bud Powell, Cliff Jackson, George Shering, John Coltrane, alternados con Chopin, un poco de Debussy y Brahms. Escogió las melodías cuidadosamente pretendiendo dar una especie de orden rítmico y melódico, propiciando que se escucharan en el mejor orden y causaran el mayor placer. Y disfrutó la travesura que estaba por hacer.

Ya era de noche cuando acabó de hacer las grabaciones. Tomó el disco y un viejo walkman y regresó al hospital a la sala de terapia intensiva a intentar que lo dejaran pasar a ver a su padre. Otra vez había vencido a sus fantasmas.

En la sala de espera azul todo era tranquilidad. El bullicio diurno parecía un recuerdo fantasmagórico. La sala azul no guardaba nada, no conservaba ningún sentimiento, ninguna presencia, mantenía su insensibilidad ante el dolor o la alegría. Nuevamente la televisión guardaba silencio. Diego se echó en el suelo, sobre su chamarra, escuchando algo de su música; con las piernas recogidas llevaba el ritmo. Esperaba que una enfermera, como prometió, le indicara el momento para pasar a ver a su padre.

Y le cumplió. Diego entró y realizó el ritual de ponerse la bata blanca. Se acercó con calma, besó a su padre en la frente y le acarició la mano.

¿Qué pasó, papá? Ya cámbiale, ¿no? Todo el tiempo estás estable y estable, ya muévete, alégrate. ¿Qué crees? Te traje música, de la que te gusta, te la mezclé en un disco. Para mañana te grabo otro. Ya sabes, música de nuestras primeras conversaciones, de aquello que nos empezó a identificar… Antes de ponértelos te voy a hacer una pregunta, y te puedes tomar el tiempo que quieras para contestarme. Yo te necesito mucho, ya te lo dije… ¿tú me necesitas?…

Diego le coloca los audífonos y echa a andar el walkman.

- ¿Qué hace? – le preguntó la jefa de enfermeras de la sala.

- Le traje música, de la que le gusta, para que la escuche.

- No, no, no está permitido, además no puede estar oyendo música todo el tiempo.

- ¿Por qué no? No se preocupe, no hay disco que dure 24 horas

Diego se le quedó viendo poniendo la mejor cara que creía tener, la más dulce, la más enternecedora, con una mezcla de seducción, no en balde había sido educado por mujeres

- ¿De veras no cree usted que les haga bien a los pacientes escuchar música? Mal no les hace. Y mire, dentro de dos horas usted va y se lo desconecta.

- Claro, como no tengo otra cosa que hacer – la mujer se

resistía por principio, pero le parecía que algo de razón tenía ese hijo necio que tanta lata daba.

- O mire, si quiere en dos horas me habla y yo entro y se lo quito…

Ella simula enojo – Qué mañoso, claro, así entra otra vez a las horas en que no debe entrar.

Diego, por toda respuesta, le guiñó un ojo.

- Bueno, ya váyase. A ver si no me llama la atención la supervisora. Yo le aviso al rato.

Diego dejó el área de terapia intensiva con la alegría del triunfo y regresó a acomodarse en la sala de espera azul. Pensaba en Aitana, en su lealtad, en sus palabras, en las que él no pudo decir, en sus ojos, en su ternura, en los besos irrecuperables y por lo mismo inolvidables, en esos muslos que tanto quisiera acariciar, y antes de que el deseo le hiciera cabalgar el corazón se quedó dormido hasta que lo despertaron para que le quitara la música a su papá. Y él le prometió que volvería a ponérsela. Su padre no contestó. Seguía en ese sueño inducido, casi irreal; su único sonido, si acaso suyo, era el del ventilador artificial.

Diego tenía sueño, ese sueño de la desesperación que no desespera y agota porque consume todas las posibilidades de la paciencia, porque pelea con la esperanza, porque pelea contra la resignación, esa espera densa, pesada, que es una montaña escarpada, espera que son pasos a ciegas en una tormenta de arena, esa espera cuyos paisajes son tan sólo engañosas dunas que cambian permanentemente y siguen exactamente iguales.

XII

Nunca se sabe cuándo empieza realmente el dolor en la vida, a veces ni siquiera cuando surge el acontecimiento más significativo es posible darse cuenta de su verdadera trascendencia. Pueden pasar años y quizá el suceso se recuerde como dramático, infinitamente triste –en su momento,   porque la tristeza irá disminuyendo con el paso del tiempo, será como una piedra lavada siempre por el agua del río-, y la vida se acabará sin saber que ese fue precisamente el comienzo del dolor, la herida de fuego que antes de cicatrizar ya irá recibiendo otras heridas. Porque todo dolor iniciático proviene del exterior, después, cada quien será capaz de no conformarse con los dolores externos sino causarse otros desde adentro, igual de fuertes, de perturbadores. Porque la mayoría de las veces la culpa nace también del dolor. Antes del dolor no hay culpa. Las heridas se juntan.

- Cuando murió mi hermana yo era muy pequeño. Yo no entendía bien qué había sucedido. La velamos en la casa y yo la tocaba, la llamaba Maribel, Maribel, despierta. Mi madre me dijo: ya no va a despertar nunca, Manolito, tu hermana está muerta y te va a cuidar desde el cielo, ya verás. Ella tendría diez años, esa edad tan cruel y triste para la muerte, cuando es tan injusto y tan inverosímil que muera alguien. Yo tenía seis años, nací en el 44. Mis padres se arriesgaron con ella, de brazos todavía, a meterse por Francia para venir a México, en el 38. No sabes qué niña tan linda era. Le dio meningitis y murió. Todavía recuerdo el dolor de mi madre y la tristeza severa de mi padre, esa tristeza aprisionada del que debe ser fuerte para apoyar a los otros. Yo me enfermé, me dio mucha calentura y así estuve varios días. Mi madre me contaba la angustia que vivió porque creía que yo también tenía lo mismo. Mi padre le decía que no, que Dios no era así, tan cruel, que yo no me iba a morir. Me acuerdo que después él me contaba que le había prometido a mi madre que yo no moriría pequeño, que yo los iba a enterrar, se lo juró. Y me curé, así arrojé la impresión tan dolorosa que me causó aquella pérdida inexplicable para mí, de aquella niña que me quería mucho y jugaba conmigo y seguramente me cambió los pañales ¿no? Algo pasó conmigo porque me hice menos travieso, y decía mi padre que parecía que se me habían olvidado las travesuras, que yo nada más estaba serio. Pocos años después murió mi madre. Son pérdidas que te dejan un dolor largo, hondo. Asumes que las personas que realmente quieres se mueren. Todo el mundo se muere, claro, sólo que cuando eres niño es muy diferente lo que sientes, es un abandono mucho más profundo, sin explicación. En fin, creo que no debemos ponernos tristes.

- Si quieres seguir hablando está bien, te hace bien...

-¿Cuántos años tenías cuando murió tu abuela?

- Dieciocho, y todavía la extraño. Siempre sentí que nadie me quería tanto como ella.

-Yo soy medio viejo y extraño a mi madre y a mi padre.

- ¡Tú no eres un viejo, papá!

- Lo dije para que me estimularas, reaccionaste muy a tiempo – hizo una pausa, sonrió con melancolía-. Es bonito extrañarlos, es saber que uno tuvo quien lo quiso y a quien quiso. Imagínate, hay gente que no extraña a nadie. Debe ser terrible.

-¿Tú crees que haya gente así?

-¡Hombre¡ Hay gente de piedra... de piedra. El corazón humano puede ser muy duro. ¿Qué no ves cómo anda el mundo? Nunca me hice muchas ilusiones con la gente, y también es cierto que nunca propicié que otros se hicieran ilusiones conmigo. Uno se la pasa cuidándose del dolor. Por eso mis películas son duras, amorosas, pero duras, con poca o ninguna esperanza. De verdad te digo que me hubiera gustado hacer de otras, aunque nunca supe cómo. Nomás no me salían así. O las buscaba así.

- Todavía puedes hacer otras. Estás muy a tiempo. Ya ves, entre los 60 y los 70 años Cazals ha hecho tres excelentes películas, y la última, magistral, esa de Las vueltas del citrillo. Y ya está preparando otra.

- ¡Vaya nombre que le puso... ¡Citrillo!, ¿quién carajos va a saber que es un pájaro? En fin. Ya no quiero hacer películas, ya no me interesa, de verdad. No sé cómo fue exactamente... un día perdí la ilusión por hacer películas. Y te lo digo sin ninguna carga de desencanto o amargura. Hice unas, a mi me gustaron, y ya. Ya sé de qué va la cosa. Hace años que sólo escribo, nada que quiera publicar, cosas que se me ocurren de todo, como si me estuviera volviendo un filósofo local –ríe con ganas, se burla de sí mismo– un día te enseñaré algunas páginas, nada más para que discutamos, para tener tema de conversación.

- Me gustaría mucho.

- Sí, un día te enseño. Estábamos en otra cosa, en la dureza del corazón humano. Antes el mundo me daba miedo, ya no. El miedo te derrota. ¿Qué puedes hacer contra tanta porquería que hay de prostitución infantil, de pornografía con niños? Redes en Guadalajara o en Londres o en El Cairo? ¿Qué haces con tantos maridos que golpean brutalmente a sus esposas o las matan? El otro día leí de un marido que le prendió fuego a su mujer en Cádiz. A los tres días sucedió algo parecido en Tampico. En Sevilla, un estudiante mató a puñaladas a su novia. ¿Te acuerdas de ese caso de los niños de diez y doce años que mataron a otros de tres y cinco años en Sinaloa? Y en Inglaterra pasó algo parecido. Acabo de leer que unos padres pusieron en subasta a sus hijos en Internet diciendo que eran muy amorosos! ¿Puedes creerlo? Estamos llenos de madres y padres que en la miseria destrozan a sus hijos, muchas veces físicamente, otras, también moralmente, para toda su vida. Uno no puede hacer nada más que algo por ahí para aliviar un poco la conciencia.

- Pues sí, papá, a mi también me parece un horror ¿qué se puede hacer?

- Cuando estaba en el negocio del cine y conocía mucha gente me preguntaba a mí mismo con cierto escalofrío quién de esos con los que yo trataba era pedófilo. O quién practicaba el sadismo violento con alguna pobre aspirante a actriz. ¿Te imaginas? Uno puede tratar a diario con alguien que es un verdadero canalla y no saberlo. Hay gente que parece buena y es mala, así que imagínate a los que además parecen malos.

- Sí, es cierto; si lo piensas da miedo. Uno puede pensar que toda esa gente está muy lejos y a la mejor no, está ahí, junto a ti.

- ¡Claro! Nos espantamos de las atrocidades como en Rwanda, donde todo el mundo se quedó de brazos cruzados. ¿Te imaginas la cantidad de niños masacrados, de mujeres violadas y masacradas? Como en la guerra serbio-croata. ¡Ahí también el mundo se la pasó mirando un buen tiempo! Luego llegaron los soldados de la ONU y también hicieron de las suyas. Por cierto, ¿ya leíste Tres cantos fúnebres por Kosovo, de Kadaré? Por ahí está, llévatela, no te la puedes perder. Todos deberíamos estar avergonzados. ¿Cuánto hace de esa guerra? No hace ni 10 años y ya nadie se acuerda. Lo que sigue, lo que sigue, lo que sigue, ese es nuestro ritmo de vida, el ritmo de todo eso que llaman comunicación, que llaman la sociedad de la información, el ritmo también de las relaciones humanas, de las parejas. Mientras, ahora mismo, mientras estamos aquí hablando, le están pegando sin misericordia alguna a un niño, están humillando a una niña para el resto de su vida, otros enfermos están apaleando a un emigrante sólo porque es diferente a ellos. Un marido está descargando su frustración diaria golpeando a su mujer, están violando a miles de mujeres... el mal habita en todos nosotros. Y surge, florece con todo su veneno cuando el ser humano es incapaz de ser, te lo digo con mayúsculas, SER. Cuando el hombre, conciente o inconcientemente, no logra ser lo que quiere, lo que quisiera, en el buen sentido, empieza a anidar en él la maldad, la hija de la frustración y de la envidia. Esa frustración va aumentando, es un monstruo que crece día con día, y se une al resentimiento, empieza a ver en los otros la razón, la culpa, de lo que él no es, de lo que no tiene, y tiene que descargar su ira. La imposibilidad de ser le da la enorme garra de la frustración y el odio. La gente ni siquiera se pregunta qué es SER, Diego, ya es una discusión vieja.

- ¿Después de tu catálogo de horrores crees que esto va a cambiar?

- Sí, porque todo tiene un límite, ya verás. En medio de todo este desastre, el ser humano se va a reencontrar a sí mismo, va a recuperar su esencia. Un día te enseño lo que he escrito sobre eso. Creo que quienes nos damos cuenta tenemos que contribuir a ese cambio. Espero estar vivo todavía para presenciarlo. ¿Sabes en qué confío? En nuestro cerebro, creo que ahí están todas las posibilidades. No usamos ni el 16 por ciento de su potencial. ¿Te imaginas todo lo que hay en todo lo demás?. Ahí están las respuestas, Diego, aquí –le señala la cabeza con índice-. Y aquí, en el corazón, sólo hace falta un poco de misericordia, de compasión, nada más.

Ambos se quedan en silencio. Diego percibe en el rostro de su padre cierta impaciencia y a la vez una gran certeza, una profunda convicción. Quisiera sentir lo mismo.

- Hace unos ocho años me fui a cenar con un amigo. Primero nos metimos a un bar de moda, donde la mayoría de la gente era menor que nosotros, ya sabes, para ligar y eso, yo no iba a ligar, de verdad, creo que mi amigo tampoco. De cualquier forma estuvimos platicando con una muchacha muy joven, de unos 23 años, de las que estudian y se abren paso por la vida. En fin. El lugar estaba atestado. Por ahí pasaban otras mujeres mayores que sí iban a ver si pescaban algo, con la mala fortuna de ser feas, lo que también quiere decir que algunas mujeres al vernos a mi amigo y a mí también pudieron pensar que teníamos la mala fortuna de ser feos. Eso siempre se piensa en uno y otro lado; no es importante, ya ves que a veces me gusta alargar las pláticas. Y ahora me preguntarás ansiosamente: ¿Bueno, qué pasó? Nada, en el bar nada, sólo te cuento una secuencia.

- No, está bien, cuéntamelo como quieras.

- Después del bar nos fuimos a cenar a un restaurante equis ahí junto, a unos pasos. Nada del otro mundo. Un lugar para comer algo y seguir echando tragos y platicar más El lugar se llenó, también estaba de moda, ya ves que ahora ni los lugares duran, nada dura, nada sirve. Si el amor es desechable ¡con mayor razón un bar o un restaurante! Bueno, en fin. Total que ahí estuvimos cenando y bebiendo, me acuerdo que yo me tomé unos cuatro o cinco manhattans. Como es lógico, mi amigo y yo acabamos hablando de mujeres... los hombres siempre acaban hablando de mujeres, para bien y para mal.

- Bueno, también las mujeres siempre acaban hablando de hombres.

- Sí, sí, claro, es lo mismo, es la historia del carrusel que no para, conversaciones que se repiten a lo largo de toda la vida, salvo en las mujeres y los hombres cansados, los que han abandonado la vida.. Sobre todo hablamos de mujeres porque mi amigo estaba a punto de divorciarse, digo a punto porque es obvio que todo lo tenía muy ordenado en el cerebro pero le daba un miedo terrible. Bueno, total que salimos de ahí medio faroleados. Nos despedimos y yo me subí a mi coche. Ahí se corta la memoria. En la escena siguiente, yo estoy en la delegación...

Diego lo mira con asombro, casi con miedo, un pequeño escalofrío le recorre el cuerpo.

- ¿Qué te pasa?
- Nada, sígueme contando...

- Estoy en la delegación y el agente del ministerio público autoriza hacer una llamada y me ofrece el teléfono. Pues saco mi agenda y pienso que si estoy en la delegación le debo hablar a un abogado. Para ese momento siento que la borrachera ya se me bajó un poco. Les pregunto por qué estoy ahí y el licenciadito ese, amable, lo que sea de cada quien, me explica escuetamente que choqué y destrocé una patrulla. Me río, de verdad me río, y le digo que no es cierto, que me está confundiendo. El me insiste en que haga la llamada. Total que le hablo a otro amigo, qué sería de uno sin los amigos ¿no crees? Otra vez la memoria. Nunca supe a qué horas llegó ni con quién habló. Yo sólo me acuerdo que me urgía un cigarro y que un judicial, me imagino, me dio uno y luego otro. Cuando termina todo, le digo a Nacho, a mi amigo abogado que lo saqué de su casa, que no se preocupe, que estoy bien, que agarro mi coche y me voy a mi casa. No, Manuel, se sonríe burlón, no tienes coche. Ahorita lo vas a ver, si estás vivo de milagro. Efectivamente, pasamos por donde estaba mi coche y era una charamusca. Todo el frente destrozado y el parabrisas estrellado. Yo lo rompí de un cabezazo porque además no llevaba puesto cinturón de seguridad. Y le dije a Marco, también con una sonrisa: tienes razón, ya no tengo coche. Entonces nos subimos al suyo, me dejó en la casa y yo seguía sin entender gran cosas.

- Papá, ¡qué bruto!¡De la que nos salvamos!
- - Sí, así fue, como te lo estoy contando, todavía no acabo. Llegué a mi casa,

me tiré en la cama y empecé a llorar como loco, desesperado, un llanto de lo más adentro de mi mismo, un llanto que no acababa, y entre sollozos llamaba a mi mamá, a mi papá. Me sentía terriblemente solo, lleno de miedo.

Diego lo mira ahora con los ojos enrojecidos. Apenas da un sorbo a su whisky.

- Entonces decidí hablarle a una mujer... una mujer que amo... –al decir esto, miró a su hijo esperando su reacción, un sobresalto, una sorpresa, un gesto de molestia, de incomodidad. Diego no dio señal alguna y su padre decidió continuar –. Una mujer que me tardé en aceptar y asumir que amaba, pero quizá ese día lo comprendí a plenitud, en la enorme necesidad que tuve de ella. Le pedí, le supliqué que fuera a verme; ella se angustió y me preguntó qué pasaba, qué tenía, y le dije que estaba bien, pero que la necesitaba, que necesitaba que me abrazara. No sabes qué... no sé cómo decirte... qué hermoso, qué bien se siente uno de atreverse a decirle a alguien que lo necesita, a pedirle que lo abrace. El solo hecho de poder hacerlo te reconforta. De pronto sabes que tienes quien te quiere, a quien quieres, que puedes mostrarte como eres. Es como una revelación. Fue la primera vez en mi vida que me atreví a hacer eso con una mujer. Cuando ella llegó le pedí que se metiera a la cama conmigo y que me abrazara, sólo que me abrazara. Lloré ahí, abrazado por ella, hasta que ya no tuve más lágrimas... Ella me acariciaba el rostro, me besaba las mejillas, las manos. A partir de entonces volví a tener ilusiones, unas ilusiones diferentes, digamos que más personales si las vemos como mucho más interiores; a amar la vida, nada que ver con el cine, no, otras cosas, más profundas, más importantes, cosas simples... de adentro. Por la tarde ya estaba yo reflexionando, con mucha claridad, de una manera muy simple. Se me ocurrió que la vida es como un partido de fútbol. Los primeros 45 minutos van desde tu nacimiento hasta la madurez; a la mejor has metido uno o dos goles, a la mejor también vas empatado con la vida, o a la mejor la has cagado por completo. Después del descanso, viene la verdad: los últimos y únicos 45 minutos, en los que todo se tiene que definir, un partido en el que no hay empates ni mucho menos tiempos extras. ¡No puedes quedar empatado en la vida! O ganas o pierdes en los 45 minutos que van de tu madurez a tu muerte. ¡La vida te tiene que aplaudir cuando abandonas la cancha! Me hubiera gustado tener ese accidente un poco antes, pero no importa, todo llega cuando debe... ¿Y sabes qué pensé entonces y creo que sigo pensando? Que no me debía ir en ese momento, que todavía me faltaba algo, o algunos *algos*, entre ellos tú, por lo visto, afortunadamente, pero hay algo más... ya lo sabré. Aunque ese más sea sólo entender, o quizá ver ese cambio en el que creo.

- Creo que entiendo un poco lo que te pasa.

XIII

Diego recordó abruptamente la casa de su padre. No tenía la menor idea de cómo la dejó aquella mañana. ¿Y si había basura, comida sobre la mesa? Habría que ir a ver el departamento. Tenía tiempo. También era una forma de entretenerse. Pensó en la biblioteca. Echaría un enésimo vistazo a los más de cinco mil libros de su padre que, él le aseguró, un día serían suyos, lo que impidió cualquier posibilidad de hurto, no de préstamos, afortunadamente. Uno a la vez, le decía su padre. Cuando lo traigas de regreso te llevas otro. No apresures el desfalco, no te robes a ti mismo. Esa sonrisa siempre a medio terminar, entre pícara y malévola, con una bondad escondida que Diego ha percibido porque además si algo le ha gustado a su padre desde el reencuentro era la pasión de su hijo por la lectura. Le hacía sentirse un poco satisfecho.

Yo leía mucho desde niño en la noche; cuando cerrábamos la cantina tu abuelo y yo nos poníamos a leer, a veces ahí mismo, sentados en una mesa   tomándonos un vino. Mi padre siempre hacía exclamaciones en voz alta: ¡Coño!, ¡Carajo!, ¡Me cago en...!, ¡Mira que éste es idiota! Ya sabes, como hacen muchas señoras cuando ven telenovelas. El estaba realmente viviendo lo que leía. Para él era un placer conocer a   tanta gente, tanta historia, tanto chisme del bueno... tanta entraña. Tu abuelo ha sido la única persona que conozco que leyó tres veces El Conde de Montecristo.

Animado por los recuerdos, decidió ir al departamento de su padre. No había mucho tránsito, estaba cerca del sanatorio y la mañana lucía de buen humor. En una esquina sacó alguna moneda para darla a una indígena. Desde que su padre ingresó al hospital le daba a todo el que le pedía, como un acto solidario o tal vez buscando congraciarse con el Poder del bien para que le echara una mano.

Entró y vio todo lleno de luz, con las cortinas corridas, lo que llamó su atención, no le dio mayor importancia y asumió que así lo dejaron la mañana en que se fueron. Más lo desconcertó la limpieza. Entró a la cocina y todo en orden. En la recámara la cama tendida, no había ropa tirada, todo en su lugar. Siempre había estado en casa de su padre sin detenerse en los verdaderos detalles, sólo se había fijado en los cuadros y en los libros. Algo le dijo, como en un secreto al oído, que ese departamento tenía detalles femeninos.

Los muebles eran conservadores, sobrios; había demasiadas flores o quizá no tantas, pero a él, que no solía tener ninguna, le parecieron muchas. De tela, de seda, plantas naturales. ¿Por qué no se había percatado de todo eso antes? Era como si su padre, con su presencia, dotara todo de masculinidad o absorbiera la feminidad de esos detalles.

Había una lámpara hecha en un tibor de Talavera. Le llamó la atención. Se acercó a revisarlo y la hechura le aseguró que había sido mandado a hacer como lámpara. No se imaginaba a su padre, práctico, un poco descuidado, aunque nunca en el vestir, siempre desordenado, un tanto negligente, yendo a algún lugar a que le hicieran una lámpara que se podía comprar en cualquier centro comercial. Sonrió. Seguro se lo regaló una novia. La idea le produjo una punzada, una pequeña aguja que hacía un agujero y dejaba una burbuja de sangre, recordó *le hablé a una mujer que amo*, y se quedó pendiente el nombre, hablar de ella. Se detuvo en ese rincón del departamento y lo observó todo desde ahí: le pareció, por lo menos, envidiable. Su padre vivía mucho mejor que él, con mejor gusto, con más cuidado. Se dirigió al estudio: impecable. El departamento era de tres recámaras y un estudio, pero su padre tumbó paredes y unió una recámara al estudio. En una pared carteles y fotografías de muchas películas: *A la hora señalada, Casablanca, Providence, La Strada...* pero sólo un cartel de una película producida por él: *El tren vacío,* que con un guión de él mismo, le inspiró, según le contó, *Psicografía,* ese poema de Pessoa, cuando nadie en México conocía a Pessoa. La historia de un niño a partir de que guarda su tren eléctrico en una maleta porque se va a viajar con sus padres, a cambiar de país. Todos llegan a la nueva casa antes que los baúles y el niño espera con ansia y habla todos los días de su trenecito y un día su madre le dice que no, que el tren no está ahí, sin dar ninguna explicación; como él mismo lo puso en un baúl no le cree a la madre, está seguro de que ella se confunde. Y cuando llegan los baúles se da cuenta de que el trenecito no está porque su madre decidió rehacer las maletas y dejó fuera sus juguetes. Un éxito de crítica que acabó dejándole un poco dinero y muchos premios internacionales a la mejor película, cuando su padre tenía cerca de cincuenta años.

Sobre el escritorio, hay una computadora, y un florero con flores naturales, frescas. Y entonces encontró una nota.

Manuel: regresé de Monterrey, creo que estás enfermo. Me desesperé porque estuve llamando dos días y nadie me contestaba. He llamado a todas horas, bien sabes cómo soy impaciente. Estoy mal sin saber de ti, muy mal. Si hoy no tengo respuesta llamaré a todos los hospitales de México hasta encontrarte.

Te amo, pero si no me respondes puedo dejar de hacerlo. María.

Diego se sintió perturbado. Le parecía un mensaje hermoso, de una mujer amorosa. Sí tenía una novia en serio, muy en serio. Y lo quería de verdad. Un nuevo piquete, más fuerte que el anterior. No hay duda, se dijo. Seguro era la mujer de la que le habló cuando lo del accidente. Intentó comprender, quería ser razonable. Qué importa. Qué bueno. Al menos no viven juntos. Empezaba a enojarse y no quería hacerlo. Quisiera que le diera gusto por ese hombre agonizante. Su padre tenía una mujer que lo amaba y a la que él amaba también. Buscó la agenda de su padre y la encontró en un cajón. Quienes se aman no necesitan apuntar sus teléfonos. ¿Se te puede olvidar el teléfono de alguien que te escribe así? Nadie guarda en una agenda el teléfono de su novia, de su mujer. Revisó la agenda letra por letra. Insistió aun sabiendo que sería inútil encontrarla porque no sabía su apellido. En la A ninguna, en la B Bracho, hasta con fax. En la C Cortina, Cardona, en la D ninguna, en la E Escamilla, Elizalde. ¡Cuánta pinche vieja se llama María! Se calmó: tres sólo decían M, así que podían ser hombres o Marthas o Marcelas o lo que sea. Una agenda tapizada de nombres, algunos de los cuales seguramente ya no significaban nada en la vida de su padre. Siguió buscando y al final sólo quedaban María Cortina y María Gutiérrez.

Echó a andar la contestadora del teléfono. *Manuel, quiero que cenemos juntos el jueves. ¿Tú quieres? Te hablo más tarde.*

¿Manuel, dónde andas? ¿Ves por qué quiero comprarte un celular? El jueves te lo llevo. Háblame, por favor. Manuel. Dios mío, ¿dónde demonios estás, qué te pasó?

Está en terapia intensiva, María. Se resignó. María, quien fuese, llegaría al hospital. No habría problema. Tomó el mensaje, lo dobló cuidadosamente y se lo guardó en la bolsa de la camisa. El coraje parecía haber disminuido, pero la ansiedad se apoderó de él. Quisiera ver a esa mujer inmediatamente, conocerla. Compararla. Resopló. Quería calmarse.

Le pasó por la mente hablarles a sus amigos para irse a comer a la cantina, pero se contuvo. A fin de cuentas era la vida de su padre, aunque le afectara a él. No tenía nada que hablar con nadie. Sabía en su fuero interno que se quería hacer la víctima, contar sus penas, aunque sin trío ni mariachi... que su madre también acabara como víctima. Se sentó despatarrado en un sillón y empezó a ver todo a su alrededor. En silencio tomó conciencia real de que estaba en la casa de su padre, él solo. La casa era luminosa, tan limpia, tan ordenada no permitía suponer que su dueño estuviera luchando por la vida en un hospital. Le gustaba más que su casa, mucho más. ¿Cómo habría sido la vida si hubiera estado con su padre, si hubiera tenido una familia común y corriente? Ya no se podía decir normal porque ahora ya ninguna familia parece normal. Cuando él iba a la escuela prácticamente no había hijos de padres divorciados, ahora, por lo que sabe de sus amigos, los hay por todas partes, niños que tienen dos casas y que luchan por sentirse bien en cada una y que a veces extrañan una y luego otra. ¿Qué habría sido si se hubieran quedado juntos? No me los imagino conociéndolo ahora. Yo no fui infeliz, esa es la verdad. ¿Por qué él no peleó por mí, por qué no me buscó? En las cartas parece que mi mamá no quiso; de todos modos él pudo haber hecho algo. ¡Cuánto rollo! Por más que no quisiera pensar en todo eso pienso.

¿Por qué se lo iba a impedir mi mamá? Pues porque acabaron muy mal. Sólo él me lo puede decir. Ne desaparecí, eso me dijo. ¡Qué guevos tan azules!

La mirada perdida se posa en el cartel de *La Strada* y a su memoria viene el maestro Fernández, Panchito Fernández, su maestro de historia en prepa, mi querido Panchito, tantas cosas que me enseñó. En realidad debió haber sido Don Francisco Fernández si toda esa runfla de adolescentes hubiéramos comprendido de verdad con quién estábamos tratando. Nos contaba que cuando vio esa película se fue caminando a su casa pensando en ella, analizándola, tanta miseria y tanto amor, decía que iba con la boca abierta y que iba tan ensimismado que se siguió de largo y debió regresar. Decía que era la mejor película que había visto en su vida y nos insistía en que la buscáramos, que la viéramos. Condenado, nunca me puso un diez, nunca le pareció suficiente lo que hacía con el cuento ese de que yo podía mucho más. También él está muerto. Cuánto me gustaba visitarlo en su casa y ponernos a platicar en su estudio. El primer hombre verdaderamente culto que conocí, y creo que hasta ahora el más culto; sabía de todo y todo lo enseñaba, era generoso, apasionado. Ya ni quien se acuerde de sus obras de teatro, pero no importa por todo lo que nos dejó a sus alumnos. Por él le tomé el gusto al teatro. Me regaló *El cuarteto de Alejandría* cuando cumplí dieciséis años, las cuatro novelas en una sola edición de Sudamericana. Qué bruto, qué libro. Me quería realmente, quizá porque nunca tuvo hijos. ¿Qué me diría ahora? En momentos difíciles siempre me he encontrado un hombre adulto cerca de mí, una especie de guía. Tengo suerte, ni para qué me quejo. He sido afortunado.

Se recostó en el sillón de su padre, encogió las piernas, se acomodó, se sentía cómodo, reconfortado, capaz de hablar consigo mismo con serenidad.

Me duele aceptar que le tengo una especie de envidia a mi papá. Me revienta el hígado admirarlo y al mismo tiempo es como si yo quisiera ser mejor que él en todo, pero a cada paso me doy cuenta de que no puedo. Tengo como un afán de revancha, de demostrar que soy mejor que él. Sí quiero que viva, claro que sí, y también es como si quiera decirle, demostrarle, que yo sí he estado con él y que él nunca estuvo conmigo. Supuestamente no quiero una vida como la de él, y la suya me da envidia. Es como leer un libro y admirar al personaje, como leer una biografía y tener esa especie de morbosidad y a la vez menosprecio por uno mismo, por la propia vida y querer vivir las mismas desgracias y los mismos momentos de felicidad, de éxito de todo de ese personaje. A veces así lo veo, como a un personaje y no sé qué decirle. Me da miedo que me crea mediocre. Temo su juicio, su valoración y no demostrarle que soy mejor o igual a él, que sé más que él, que yo sí fui a la universidad. Quisiera verlo de otra forma. El vivió con pasión y yo nada más me he hecho pendejo. Quiero que me necesite y el que lo necesita soy yo... Me siento infiel, esa es la palabra, infiel con mi madre, porque ahora resulta que el chingón es mi papá... Sé que mi mamá tenía su carácter, y entonces me surge el coraje con mi mamá porque creo que tenía ningún derecho a quitarme a mi padre, como fuera, no fue justa, y me duele aceptarlo. Y luego también siento que yo me atravesé, que me puse en medio de los dos, que si yo no hubiera estado toda la historia habría sido diferente, o yo no sé. Quiero ver a mi papá de otra manera y ni siquiera sé cuál es.... Lo quiero, me cae muy bien. Nunca sé cuándo está hablando en serio, cuándo con ironía, como si todo el tiempo me estuviera poniendo a prueba. No sé... El me cuenta de su papá y es obvio que lo adoraba, un abuelo que me hubiera gustado mucho conocer... Ni siquiera creo que mi papá haya sufrido por no verme, por no saber de mí durante años. Medio hemos hablado de eso sin que me convenza... Sus dolores han sido otros, me doy cuenta, muy profundos, desde la muerte de su hermana. Yo no tuve la culpa y siento como si yo debiera pagarlo todo... Sí, debiera disfrutarlo ahora, gozarlo... también quisiera deshacerme de él. Me pesa mucho. A veces no sé cómo vivirlo, qué hacer, no tenerle ni envidia ni coraje, ni tener atravesado el recuerdo de mi mamá. Tengo muchas ganas de verlo vivir, de estar con él; ya no será el papá que no tuve sino simplemente el que tengo.

Se queda profundamente dormido. Por primera vez duerme en casa de su padre.

¡Puta madre! Diego se despertó y fue su primera exclamación. Tardó unos segundos en ubicarse. Miró su reloj y eran las 6.30 de la tarde. Se había dormido más de tres horas, ni había comido. Su celular estaba apagado, sin pila. Fue al baño y al regresar ya para irse sonó el teléfono, dudó en contestar, sonó otra vez. ¿Diga? ¿Quién habla? Era una voz de mujer. Soy Diego... Hola Diego, soy María, he estado buscando a tu papá y...

Regresó al hospital sintiéndose mejor. La voz de María resonaba en su cabeza. Esa historia de amor que intuía le renovaba la esperanza y le daba optimismo, como si fuera suya. Al parecer se había disipado su enojo inicial. Su padre viviría, se iba a salvar. Me canso que se salva. Está contento. Ya verás, papá, te vas a curar. En el tránsito, con la generosidad de la luz verde, imaginó que al llegar al hospital se encontraría a María, esperando. No se la quiso imaginar. Nadie es como uno lo imagina. Cuántas veces escuchamos una voz maravillosa, cálida, incluso sensual por teléfono, y si hubiera una cita a ciegas lo más probable es que esa mujer o ese hombre tengan como única gracia su voz.

Llegó a la sala de espera. No había una sola mujer. Era inevitable sentir cierta decepción. Las últimas visitas salían ya de terapia intensiva.

Las siete de la tarde, al igual que las diez de la mañana, es la hora de la esperanza, cuando aparecen los doctores de cada quien a rendir un informe esperado con ansiedad.

Como el suyo, que ahí estaba. Elegante y de buenas maneras. Diego siempre ha imaginado su consultorio repleto de diplomas de sociedades médicas de Estados Unidos, pocas cosas que impresionen tanto a los pacientes como los doctores que fueron a Boston, a cualquier escuela u hospital de Boston, o de Houston... lleno de cardiólogos mexicanos.

- Le tengo noticias buenas si consideramos la situación que ha tenido su padre. La infección de los pulmones parece haber cedido completamente, ayer por la noche empezó a ir muy bien. Yo creo que se sintió más tranquilo sabiendo que usted se había ido a descansar –le bromeó el doctor-. También ha reaccionado bien del hígado. Si avanza como esperamos, nos permitirá enfrentar mejor los otros problemas respiratorios. Tengo confianza en que mañana, si todo va bien, intentaremos de nuevo quitarle el ventilador. Esperemos que no tenga fiebre hoy por la noche.

-¿Cómo a qué horas le quitarán el respirador?

-Por la mañana. Ya me contaron que le puso un walkman con música; me parece muy bien; vuélvaselo a poner. Ya le dije a la jefa de enfermeras que lo dejen. Si usted cree que sirve, va a servir, y aquí entre nos, yo también creo que sirve y mucho.

El doctor le dio una palmada en el brazo y se alejó.

Papá, no vas a tener pretexto. Te vas a poner bien. La neumonía está cediendo, y va a ceder totalmente. Entonces te vas a recuperar, vas a volver a casa. ¿Así que de novia y toda la cosa? ¿Esa es la mujer que amas, aquella que me contaste cuando lo del choque?

Me lo imagino. Ya sé que se llama María y está preocupada por ti, ya aparecerá, ya lo verás. ¿Cuántos años tiene María? Sí, María, piensa en ella, mírala, recuerda su voz, acuérdate de sus manos, acuérdate de sus abrazos, imagínate que te está abrazando ahora, que te cuida. Vas a volver a verla, papá, tienes que estar con ella.

Diego pronuncia María como si fuera una palabra mágica, una invocación, deseando que al oírla su padre abra los ojos. Ese milagro exterior no sucede. Ya la verás papá, ya vendrá.

Y María entró, lo sorprendió; ni siquiera la había imaginado, sólo había pensado en ella como una abstracción, pensaba en un nombre. Y comprendió que no la habría podido imaginar porque ella era mejor que su imaginación y más aún con ese rostro limpio con el maquillaje natural de la ternura y la tristeza ante el dolor del amado; ternura y tristeza de la amalgama feliz, inevitable siempre en las mujeres, de la madre y la amante, y ella miró a Diego con unos ojos llenos de gratitud por ser él, porque ella sabía que nada hacía más feliz a su padre que estar con su hijo, porque a ella se lo había dicho cada vez que él lo visitaba, que le hablaba por teléfono, cada vez que le decía papá esto o papá aquello. Diego apretó la mano de su padre mientras miraba a esa mujer distinguida, de andar elegante y presuroso, de uñas sin pintar y con ojos como dádivas, y cierto parecido con Anouk Aimee, claro, pensó Diego, tenía que ser.

Ella no dijo nada y se acercó a Manuel y lo besó en la mejilla y le tomó la otra mano. Los ojos se le humedecieron. Lo besó en la frente, le besó la mano una y otra vez sin decir una sola palabra. Diego la observó conmovido y perplejo, sin saber qué hacer, porque nunca en su vida había presenciado una escena semejante. Debería salir y dejarlos solos, pero la situación lo atraía, de algún modo lo fascinaba. Intentó no verla. Esperó que ella le hiciera una señal, le diera algún indicio. Finalmente las lágrimas de María se detuvieron y miró a Diego con una cálida sonrisa de disculpa. Pronunció apenas las palabras ¿cómo está?...

-Está mejor. Ya cedió la infección. Lo tienen siempre sedado porque el respirador es muy agresivo, ese es el calificativo que usan aquí; a mí me ha parecido muy noble porque lo ha mantenido vivo.

-¿Qué tiene?

-Pues un poco de todo. Neumonía, una infección en el hígado…pero el doctor está optimista.

-Eres muy guapo, Diego, bueno… te pareces a tu papá… Claro, tu mamá también ha de ser, bueno, sé que era muy guapa. Entonces sin saber por qué ni cómo, Diego se le acercó a esa mujer y la abrazó y sintió un enorme descanso, un gran respaldo, y ella le respondió entrañablemente el abrazo; él se emocionó y prefirió decirle que estaría afuera esperando para que pudiera hablar a solas con su padre. Yo sé que lo quieres, María, él lo debe saber mejor.

A él le gusta la forma en que ella mueve las manos cuando habla, la vivacidad de sus ojos, la seguridad de cada uno de sus movimientos, el tono de su voz. La admira y se pregunta si los gustos o las preferencias por las mujeres también serán hereditarios porque esa mujer le recuerda un poco a Beatriz, quizá también a Aitana, mujeres de una generación diferente, bien plantadas en el mundo. ¿Será que María abrió brecha, les dijo cómo ser a las siguientes generaciones? Se pregunta diego como si la misma pregunta fuera la respuesta.

María se despide, Diego se sorprende, quisiera estar más tiempo con ella, platicar. Ella le pide comprensión, volverá mañana, necesita estar sola con sus sentimientos, y le da un beso en la mejilla y se aleja.

XIV

Diego quedó de verse con Aitana en *El otro lugar de La Mancha* a desayunar, él hubiera preferido verla en su casa, pero ella no quiso, apenas aceptó verse en esa librería. Después del impacto, ella decidió que no quería involucrarse en lo que Diego estaba viviendo; temía que sus sentimientos entraran en conflicto, revivir emociones que había dejado atrás y quería dejar atrás. Accedió porque Diego, como siempre, le daba ternura, siempre lo había sentido un poco desamparado, y fue tal su insistencia que ya no pudo negarse. Si bien no sabía cuál era la urgencia, esa necesidad imperiosa de hablar con ella, Aitana no pudo evitar pensar que quizá Diego pretendía que volvieran. No era nada extraño, él la quería, los dos se querían, era verdad, o al menos se habían querido mucho, y él seguramente se estaba sintiendo muy solo.

Después de dos tazas de café y jugo y de enterarse de cómo iba el padre de Diego y de la existencia de María, se sorprendió mucho y se molestó ante la pregunta sorpresiva de Diego que necesitaba saber, otra vez, con toda claridad, por qué ella había decidido abortar. Para ella era un asunto del pasado, ya lo habían hablado en su momento, lo habían llorado, ya no quería volver con ese tema, ya no importaba entre ellos. Diego insistió porque para él sí importaba, porque le dijo que no había que ser muy inteligente para comprender que su madre había quedado embarazada y que su padre no había querido casarse con ella. Sin embargo, Aitana estaba segura de no tener las respuestas que él necesitaba, que ella no era su madre que él no era su padre, que eran otros tiempos, con otra moral, con otra concepción del aborto, con otro todo, ¿qué tenía ella que ver con? El necesitaba aproximarse a una respuesta que quizá su padre ya no pudiera darle, quería saber por qué su madre no había abortado, por qué no se había casado con otro hombre, por qué, por qué, por qué…

Porque ni tú ni yo estábamos preparados para tener un hijo, porque sentí que iba a ser muy difícil para mi, Diego, porque además no te tenía confianza, te amaba, sí, pero según yo no podías ser padre, al igual que yo no podía ser madre. Ahora déjame que te diga una cosa que no creo haberte dicho nunca. Al saber que estaba embarazada tuve sentimientos contradictorios y cuando te dije que estaba embarazada te sorprendiste; más que la sorpresa por lo inesperado fue una sorpresa que expresaste con miedo, lo supe en el primer instante. No, no me interrumpas, me pediste que te hablara de esto y ahora escúchame, porque no quiero entrar a una discusión sobre algo que pasó hace tanto tiempo, hace cinco años. Además no te estoy culpando, que te quede claro, de verdad – Aitana hablaba casi sin mirarlo, como si sus ojos estuvieran mirando aquel tiempo pasado, a aquella Aitana y aquel Diego o quizá sencillamente hacia el horizonte del interior de ella misma-. A veces nos pasamos la vida culpando a la gente por ser simplemente lo que es y no es justo, yo no soy así. No te culpo, además si hubiera querido lo tengo, contigo o sin ti. En ese momento supe que no me podías ayudar, que no te hacía feliz tener un hijo y que yo tampoco lo estaba de verdad, que quizá estaba tan aterrada o más que tú. Yo era frágil y tú también. Quizá tener un hijo nos habría hecho fuertes, crecer, no lo sé porque no lo tuvimos. Tú y yo lo hablamos, razonamos que no tenerlo era lo mejor, que teníamos todavía que avanzar en nuestras vidas, tener mejores ingresos, desarrollarnos más, todo de lo que uno se agarra en esos casos, sea verdad o no, que parece muy claro y muy convincente y quizá sea cierto, era cierto, ya lo ves, los dos hemos crecido, nos ha ido muy bien, ahora somos otros. Sí, te digo la verdad, algo se rompió en mí respecto a ti y ya no pude repararlo... - Diego escucha, mira su taza de café, no quiere verla a los ojos, no quiere mirarla-. Tu mamá no se atrevió por mil razones, y seguramente sí te quería tener, y tu papá no se atrevió a casarse por mil razones, cualquiera de ellas, una sola, me parece válida. Así sucedió con nosotros y creo que con ellos. De algún modo tu mamá, perdón que te lo diga, se quiso vengar. Quizá tuvo razón porque me puedo imaginar lo sola y desamparada que se sintió. No hay más. ¿Es lo que querías saber? Pues ya lo sabes.

- Perdón... no hace falta que te enojes – las palabras de Diego son apenas audibles; está abrumado, golpeado. Con el tiempo la verdad es más clara, más contundente- . Creo que ahora entiendo mejor muchas cosas.

- Pues ojalá, Diego –Aitana suspiró profundamente-. Ya no busques lo que ya no puedes encontrar, quédate con lo que tienes y vívelo, Diego, a mi me parece maravilloso que hayas encontrado a tu padre, que se quieran, que estés cerca de él. De atrás ya no hay nada, Diego, ni polvo. No mirar hacia atrás sólo puedes decidirlo tú.

- Tienes razón –replicó Diego por decir algo, aunque se había quedado sin palabras.

- Y ahora, si no te importa, te quiero pedir que por favor ya no me llames. Me inquieta verte, me altera un poco. Tengo una vida que me gusta y hay otra persona. ¿Me entiendes? ¿no te ofendes?

- Me sorprendo, no me gusta oírlo, pero te entiendo.

- Cuídate mucho, Diego, de verdad deseo que te vaya muy bien- Aitana estaba haciendo un esfuerzo para que no se le salieran las lágrimas. Diego le tomó la mano. Ella le sonrió, le soltó la mano y tomó su bolsa.

- Vas a estar muy bien, ya verás –le dijo y se fue. Diego se quedó ahí solo, parado en la mesa, se volvió a sentar y también luchó para contener esa especie de dolor y vacío en el estómago y la vio alejarse. Se quedó a tomar más café porque tenía la boca seca y para ir digiriendo la verdad sorbo a sorbo. Y pensar que estaba pensando en volver con ella, de veras que soy pendejo. La fantasía se había desmoronado y porque era fantasía no hubo afán de lucha, cambio de estrategia, ni siquiera la percepción de una lágrima, una sola formándose aunque fuese muy adentro. Además no podía tener más claro por qué no era padre. El impacto de las palabras de Aitana lo dejó quieto anímicamente, ninguna emoción podía definirse en su interior. Pensó que de algún modo ella lo estaba culpando por aquel aborto. Y no era así, no lo aceptó. Si ella hubiera querido tener ese hijo, lo hubiera hecho a pesar mío. Esa es una ventaja de las mujeres: si ellas quieren tener al hijo, no hay poder humano que se los impida, si uno quiere tenerlo, y ellas no, no hay modo. El hijo está en su interior. Sintió un alivio triste y denso que le impedía levantarse e irse; pidió que le sirvieran más café. Un hombre fumaba cerca de él y le pidió que le obsequiara uno. Se puso a fumar. Un nuevo enojo empezó a erigirse en su interior. Sentía rabia. Había escuchado sólo la versión de Aitana. El debió haberla interrumpido con fuerza. Decirle que él también sintió que ella no quería ser madre y que ante eso supo que no podía hacer nada. En fin. Pensó en hablarle por teléfono y decirle ahora él lo que pensaba, pero se contuvo. No quería sumergirse en un nuevo pleito, desahogarse inútilmente. Era mejor que cada uno se quedara con su verdad, como la sentía, como la recordaba. En una cosa teía razón Aitana: ya todo eso había pasado; era inútil volver porque nunca se pondrían de acuerdo. Cada uno tiene la verdad que necesita para sobrevivir.

XV

Teresa y su madre tejen un vestido que la clienta se irá a probar a las siete. Por la mañana la madre de Teresa fue a la iglesia, y cuando volvía a su asiento después de comulgar vio a una mujer muy jovencita embarazada, quizá de unos 18 años, acompañada de su madre, que también se acercaba a comulgar. Se les quedó mirando. En sus rostros no había dolor o tristeza; sólo se comulga por esperanza, pensó.

-Creo que deberías hablar con Manuel y dejarlo conocer a su hijo. A Diego también le haría mucho bien.

-¿Otra vez, mamá? Ya pasó, fue hace muchos años. Nunca lo necesitamos, y no tengo por qué volver a verlo en mi vida.

-Es su padre Teresa...

-No quiso serlo, huyó, no tuvo pantalones. ¡Valiente padre! Y tú bien que me reprochaste muchas cosas ¿Ya no te acuerdas?

-Hay que perdonar, Teresa

-¿Ya se te olvidó todo lo que sufrí por él, por ti? ¿Cómo te pusiste cuando te dije que estaba embarazada?

-Sí, me acuerdo muy bien, ni soy hipócrita ni tengo mala memoria. Pero ha pasado el tiempo. Como sea tú y yo aquí estamos. Manuel te quiso ayudar después, y tú no se lo permitiste.

-Yo no necesité su ayuda. Y ahora tampoco.

-¿No has pensado que quizá se muera? Una nunca sabe. Tú misma podrías morirte y no me parece justo que Diego...

-Manuel no se va a morir, mamá, no te preocupes. ¿No has visto en los periódicos? Anda muy feliz. Es todo un personaje del cine- la ironía de Teresa estaba cargada de rabia-, a la mejor ahora sí ya se casó y tiene hijos. ¿No has pensado en eso?

-La última vez que hablé con él, hace dos años, no se había casado...

-Pues qué pena... Además ¿crees que voy a ser capaz de decirle a Diego a estas alturas que su padre vive, que todo fue una mentira? Tú también fuiste cómplice de esa mentira. Entonces creímos que era lo mejor.

-Las dos nos equivocamos, y más yo, Teresa.

-Pues a la mejor, mamá. Estoy segura que hoy sería peor para Diego decirle la verdad. Además, por favor, la vida está llena de historias así. Nadie se muere por no tener padre... o madre.

-No, nadie se muere, pero Diego lo tiene.

-Vamos a acabar con esta discusión. Y te lo advierto: ni se te ocurra decirle algo a Diego. Manuel está muerto y muerto va a seguir. Diego es mi hijo. ¿De verdad me puedes asegurar que su vida sería mejor si conociera a su padre?

- ¡Diego tiene derecho a saber la verdad, a tener una oportunidad…!

- ¡Mamá, por favor! —Teresa lucha para que las lágrimas de rabia no salgan-. ¿Tanto sufrimiento, tanto esfuerzo va a ser en vano? ¿Para que ahora llegue Manuel y le diga: mira, aquí está tu hijo, tómalo? ¡Primero muerta! ¡¿Me oyes?!

Su madre opta por guardar silencio. Las dos continúan con el tejido porque hay que entregar ese vestido.

XVI

Ahora la cafetería le parece a Diego un lugar alegre y confortante. Cuánto le gustaría estar con María tomándose una botella de vino para que la conversación fuera todavía mejor. Ya lo hará, piensa, y su padre con ellos.

-Cuando yo lo conocí ya bebía muy poco.

-Yo ahora, para animarlo, le prometí que nos tomaríamos unos tragos juntos, oyendo jazz.

-¡Uy, le encantaría! ¿Sabes que a veces entra a ciertas tiendas a ver las botellas, a sentir la calidad, el sabor, con los ojos y el tacto? Ve las cosechas de los vinos y me da cien explicaciones que yo no entiendo, que él disfruta mucho. Y ya, se va tan tranquilo, y luego en los restoranes sólo pide limonada...

-O jugo de tomate natural. Sólo en su casa se bebe algún whisky.

-Sí, eso. Que a mí no me gusta. Y me recomienda qué vino tomar o qué licor.

-A mí también. Si llego a pedir una cuba casi es capaz de pararse de la mesa e irse, y eso que no creo que siempre haya agarrado el cuete con lo más fino, sobre todo cuando empezaba.

-¡No, claro, que no! Tu papá se bebió todo de todo, pero bueno.

-Me hace un poco de gracia que estemos hablando con tanto gusto de los gustos de un alcohólico.

-No creo que tu papá haya sido o sea realmente un alcohólico, la verdad, creo que sí ha bebido mucho, pero nunca lo he visto beber sin parar ni nada semejante. Bueno. Yo lo quiero como es. ¿Qué te parece?

-Pues sí, quizá, aunque yo todavía no acabo de saber realmente cómo es... me ha faltado tiempo.

- Lo tendrás, ya verás... no te va a dejar colgado de la brocha, lo siento aquí, en el pecho, y yo soy muy buena para las premoniciones.

-Yo también lo creo. ¿Hace… hace mucho que se conocen?

-Sí, pero ha sido muy poco… yo hice que fuera muy poco… nos conocimos hace quince años, en una fiesta de un escritor que era un amigo común, un gran coleccionista de arte, de cuadros, básicamente, yo vendía obra, era dealer, a veces todavía lo hago.

-A mi papá le gusta mucho la pintura, y a mí también – Diego se pone serio, casi apesadumbrado- El otro día hubo una subasta en Sotheby's con cuadros de Rothko y Pollock… no me alcanzó: valían de 8 a 12 millones de dólares.
María lo mira con desconcierto ¿realmente estará creyendo que Diego sea capaz de una compra semejante? Hasta que él suelta la risa.

- ¡Ni en toda mi vida ganaré ese dinero!

- Por un momento te creí, lo dijiste de una manera muy convincente.

- Sí, me gusta hacer esas cosas, claro, con gente que no me conoce bien. También invento otras tonterías. ¿Cómo se compra un buen cuadro?

-Hay que tener olfato, sobre todo para los jóvenes. Tu papá lo tenía. Compró cuadros de artistas por los que nadie daba nada y en diez años se volvieron superstars. Por eso empezamos a platicar esa noche. Me atrajo mucho. Ya sabes que tu papá cuando habla rezuma inteligencia, y mezclado con su sentido del humor… pues bueno… yo estoy en el grupo de mujeres que consideran que no hay nadie más atractivo que un hombre inteligente con sentido del humor.

-¿Y por qué no se casaron?

-Porque yo estaba casada, Diego, y porque quería a mi marido. Hablo de querer, no de amar. En el principio y durante varios años lo nuestro fue un desencuentro de los que suceden en la vida con más frecuencia de lo que tú crees...

-Si no quieres hablar de eso... yo...

-No, sí quiero hablarlo, si no ya te lo hubiera dicho. ¿Tú quieres oír, quieres escuchar? ¿O hay algo que te molesta al respecto?

-No... a mí nada. Está bien. Cuéntame.

-¿Tú has amado?

-La misma pregunta mi hizo mi padre hace tiempo... Sí... A amar se aprende ¿o no?

-A todo, Diego... ¿Y qué pasó?

-Pues... nos divorciamos. Y ahora... y ya.

El silencio se abre un hueco en la conversación. Ella le pone un poco de azúcar a su café, enciende un cigarrillo. Diego la observa y espera.

- Ya habrá otra, estoy seguro – termina la frase con un suspiro.

- Claro. Aunque sea muy triste en el momento de la ruptura, pero cuando un amor se va lo primero que hace es dejar la puerta abierta para la llegada de otro.

Diego está incómodo, no quiere seguir por ese camino.

- Cuéntame de ti y de mi papá, de verdad me interesa. He pensado que entendiéndolo mejor, conociéndolo mejor, me voy a entender mejor a mí mismo, y mira que buena falta me hace.

- Tu padre y yo nos empezamos a ver con cierta frecuencia. Los primeros meses era sólo el gusto de conversar, quizá de hacernos compañía. A mí me encantaba y me di cuenta de que me estaba enamorando de él. Temía no volver a verlo, temía que de pronto surgiera otra mujer y todo se acabara. Tu padre era muy... digamos, correcto, y aunque no lo creas a mí a veces me desesperaba... sí, no pongas esa cara ¡es cierto! Claro, después me di cuenta: era su táctica, por decirlo de algún modo, pues a mí lejos de que se me pasara el encanto, iba creciendo más y más, y entonces era yo la que buscaba, ansiaba estar con él.

- Uno cree que las mujeres se decepcionan cuando uno está de lento…

- Lo que pasa es que también hay que saber ser lento… y tu papá… es un verdadero canijo.
Los dos ríen en complicidad.

- ¿Y qué pasó después?

- Que después yo ya no pude, por la culpa. Yo tengo dos hijos, más chicos que tú. Soy doce años menor que tu papá. Un hijo de veintisiete años y una hija de veinticinco. Y no había una sola razón en este mundo en ese momento que me diera fuerzas para irme con tu padre. La única razón era que yo lo amaba y él me amaba a mí, bueno, creo que él me amaba, aunque en esa época nunca me lo dijo, pero no fue suficiente, tuve miedo… Tu padre nunca me presionó. Jamás me llamó a mi casa, jamás me acosó, él sólo esperaba. En ocasiones yo me alejaba, me desaparecía tres, seis meses. Y tu padre en silencio, ni una sola señal. Hasta que yo ya no podía más y lo buscaba y todo volvía a ser maravilloso. Me enseñaba a leer, me enseñaba a escuchar, me enseñaba a ver. Yo me sentía dueña de un secreto maravilloso y me sentía orgullosa y escuchaba hablar a mis amigas de sus frustraciones o sus infidelidades o de las de sus maridos y yo me sentía por encima de ellas, yo sentía que lo mío era incomparable, era bueno, era dulce, era hermoso y único.¿Cómo decirte? Era tan hermoso que yo misma lo empezaba a echar a perder. Me enojaba, me impacientaba por cualquier cosa, quería dominar a tu padre, someterlo, para que estuviera ahí, para que yo no corriera el riesgo de perderlo, de que se fuera con otra mujer, y todo era por la ansiedad que me daba querer estar con él y no poder, querer dormir con él y no poder, querer hacerle el desayuno y no poder. Entonces la única forma de vencer esa ansiedad, ese enojo, era pelear, encontrar un pretexto y alejarme, irme otra vez al silencio. Prefería el dolor y la tristeza de no verlo. Saber que no tenía que esperar tal o cual día para verlo o alguna llamada en mi oficina, era más llevadero que la ansiedad de estar con él y tenerme que despedir y esperar hasta la siguiente. ¿Me entiendes?

-Claro que te entiendo, pero es triste y muy destructivo.

-Sí, además yo soy una mujer que se guarda todo y que sabe fingir maravillosamente bien. Y también me encierro mucho porque soy muy miedosa, porque creo que tengo pocas armas.

-No puedo creerlo…

-Así es. Pero Dios es justo, de verdad es justo. Y estaba de Dios que tu padre y yo estuviéramos juntos, aunque claro, él no quiere que vivamos juntos. Es un idiático. Por eso me pone sustos como el de estos días. Bueno ¿qué crees que pasó?

-¡Enviudaste!

-No seas simple – ella casi suelta una carcajada – Hace poco más de cinco años, mi marido me confesó que tenía una amante y que quería irse a vivir con ella ahora que los hijos ya estaban grandes. ¿Qué te parece?

-¡No es cierto!

-¡Te lo juro por mis hijos, Diego! El día que me lo dijo me empezó un ataque de risa y él, lo hubieras visto, no entendía nada. Mira, muchas veces he lamentado no saber escribir porque hay cosas que se debieran escribir, que no es igual contarlas así, en una conversación…

-¡¿Qué pasó?! No te me desvíes…

-Bueno, era tal mi risa que él se contagió y empezó a reírse también. Los dos éramos un par de idiotas atacados de la risa. Hasta que nos calmamos y cuando llegó la calma me dieron ganas de matarlo y le dije todo lo que se me ocurrió, cuanto insulto me sabía y le hice cien reproches hasta que él me dijo: ¿No entiendes cuánto te he querido, cuánto he querido a mis hijos, que me aguanté?

- Esas me parecen tonterías…

-No, no lo son. Realmente él me quería y adora a sus hijos, pero claro, estaba enamorado de otra mujer… y yo estaba enamorada de otro hombre. Y los dos habíamos actuado igual por las mismas razones. Entonces abrimos una botella de vino y serenamente nos pusimos a platicar y le conté de tu padre. Lo que me salvó es que él llevaba con esa mujer más tiempo; cuando yo empecé a andar realmente con tu padre, él llevaba un par de años con esa mujer, y digo me salvó porque entonces a él le empezó a salir el coraje, los reproches y el enojo. Y es lógico. Pero el enojo era con nosotros mismos, yo estaba enojada conmigo y él consigo mismo. Los dos nos habíamos engañado queriendo al otro, sí, y también creyendo que el uno no podría vivir sin el otro. ¡Hazme el favor! ¡Esas sí son tonterías!

-¿Y no te arrepientes de todo el tiempo que dejaste pasar?

-No, así tenía que ser, y estos años he sido inmensamente feliz. Y ahora tu padre tampoco me va a dejar a mi colgada de la brocha.

- Total que la única historia triste y pinche aquí es la mía y la de mi mamá...- sólo cuando acaba la frase Diego se da cuenta de la tontería que acaba de decir.
María no acusa el golpe que recibe, se mantiene serena, calmada, pero decide contestarle.

-Mira, yo no sé qué tan triste haya sido la historia de tu mamá. Me imagino que debe haber cosas muy tristes en tu vida, como en las de todo el mundo, pero yo no tuve la culpa, ni conocía a tu padre.

-Sí, ya lo sé, perdóname, ya sé que a veces digo estupideces... hay cosas que no sé manejar, no me tomes en serio.

- Dime una cosa: ¿Te habría encantado que tu papá tuviera una historia miserable...? ¿Crees que toda la historia de tu padre es lo que te estoy contando? ¿Crees que eres la única persona que ha crecido sin padre?

-Yo no estoy diciendo eso.

-No, estás lleno de rabia y rencor en estos momentos, y te entiendo, pero no tienes razón.

- A la mejor no, sé que mi mamá sufrió mucho por él, y creo que yo también. ¡Entiéndeme! No sé por qué me salió ahorita, lo siento... ¡y contigo!

- Déjame decirte una cosa. De cualquier forma la vida de tu padre no fue tan sencilla. Pero a fin de cuentas no se trata de ver quién ha sufrido más o cuánto, sólo se trata de dejar atrás el dolor, de no vivir cosidos a él porque no deja nada bueno. ¿Puedes entenderlo? Yo creo que sí. ¿O buscaste a tu padre para verlo sufrir, derrotado? ¿No te ha gustado lo que has recibido de él, como lo has visto?

- ¡Claro que sí, y lo quiero!

- ¡Pues vívelo, Diego, vívelo con todo tu corazón! Tu mamá ya no está. Ahora tu realidad es otra y tu vida es otra. Tu padre está ahí adentro necesitando hasta el último gramo de tu amor, hasta el último... En este momento, la víctima es él, pero sólo en este momento, porque después pasará y ya no lo será. ¿Lo entiendes o no? ... En la tarde regreso.

María se levantó con decisión y se alejó.

Diego se quedó aturdido y avergonzado. Había expresado uno de los sentimientos que le habían impedido disfrutar la vida. Cuántas veces no se sintió mal por estar disfrutando algo, por estarla pasando bien y de pronto pensaba en su madre, o en su abuela, que ellas no eran tan felices como él en ese momento, que mientras él disfrutaba ellas estaban en su rutina de esfuerzo para sacarlo adelante.

XVII

De veras que no entiendes, Diego, apenas llegas de la escuela y ahí vas a la calle o al cine ¿de dónde sacas tanto dinero para ir al cine? Y tu abuelita y yo aquí toda la tarde, tejiendo, cosiendo, planchando, viendo cómo te sacamos adelante. No, hijo, ten más consideración. Y Diego se quedó en la casa leyendo, ya iría al cine otro día, así podría ahorrar más dinero.

No, hijo, no te preocupes, pásala bien, tu abuelita y yo vamos a cenar aquí. Ve con tus amigos, diviértete –a la madre se le humedecen los ojos-, pero por favor, a las doce en punto llámame para que te desee un buen año.
Si quieres no voy y me quedo con ustedes.
No, no tiene caso, ¿qué vas a hacer aquí con nosotras? Vete con tus amigos, así debe ser.
Y Diego se fue a pasar el año nuevo con unos amigos, y en medio de los brindis y las risas y la alegría lo atacaban la culpa y la ansiedad sabiendo que su madre y su abuela estaban solas quizá mirando la televisión. Y no lograba estar del todo bien, no lograba involucrarse en las conversaciones, se reía apenas, miraba el reloj, no se divertía.

Hacía tiempo que había aprendido en el razonamiento, en la conciencia, que nadie es responsable de la felicidad del otro. Sin embargo en la profundidad de sus más oscuros avatares emocionales ese conocimiento quedaba derruido ante la fuerza de sus culpas, ante el recuerdo de la infelicidad de su madre. No podía evitar pensar que esa infelicidad, por más que ella dijera lo contrario, había surgido desde que él nació o quizá porque iba a nacer y su padre ya no estaba. ¿Habría sido mejor para su madre que él no naciera, habría tenido ella otra vida? No te tortures, ya no pienses tonterías, Diego, se dijo él mismo.

Había luchado mucho contra ese sentimiento; él era más fuerte que sus culpas, culpas siempre inventadas; se había esforzado por perdonarse a sí mismo, perdonarse de muchas cosas que en realidad no había hecho. Un día el psicoanalista le dijo que iba por la vida buscando culpas, que le encantaba coleccionarlas.

Y aquella mujer a la que alguna vez quiso ese hombre, el padre de Diego, se le volvió una especie de monstruo opresor del que tuvo que salir huyendo. Su madre le confesó que había hablado con la mamá de su novia Alicia, su primer amor, para decirle que si algo pasaba entre ellos, o sea en buen castellano que si Lichita quedaba embarazada, ni se imaginara que lo iba a dejar casarse con ella. Así que mejor no la anduviera dejando sola tanto tiempo con él.

Esa señora lo que quiere es casar a sus hijas a como dé lugar; ni se crea que a ti te van a atrapar. Ya veremos quién puede más, mientras ella va, yo ya vengo de regreso.

XVIII

El productor de cine Manuel Alatorre desde niño, quizá desde la muerte de su hermana, empezó a vivir cambios frecuentes en su estado de ánimo. Después de días de felicidad normal, alegría, optimismo, se recluía en silencio, en tedio. Su padre sólo alcanzaba a percibir la tristeza y trataba de animar a aquel niño que coño, hijo, es difícil quedarse sin madre, pero no tenemos más nada que hacer. Se ha ido y nos ha dejado. Lo mejor es pensar que por ahí, por allá, desde alguna parte, nos mira y nos cuida. Yo también la extraño, qué te puedo yo decir. Hombre, cuánto la quise. Nunca hubo para mi otra mujer. Y de *verdá* ¿eh? Desde que yo era un *criu*, me enamoré de ella, de sus ojos y de su risa. Era muy tímida, qué te digo, me veía y apresuraba el paso y yo siempre quería volver a su pueblo, a Carballiño, para ver si la encontraba. Yo iba para allá con mi padre, que le vendía animales a un señor de allá de donde era tu madre. Nosotros éramos de Boborás. No recuerdo cómo se llamaba aquel hombre, eso es lo de menos. Yo esperaba con mucha ilusión que mi padre me dijera, anda Manolo, vamos a Carballiño, que además era un pueblo grande, con todas las de la ley, y yo ya estaba listo, que por mí no nos atrasáramos... A veces íbamos a pie, en otras en burro.

Esa historia, contada muchas veces, porque a Manuel le gustaba escuchar a su padre hablar, contar sus historias sencillas y su gran historia de amor, no le bastaba para salir de su desamparo. Esos días iba a la escuela con desgano, como si los días ya le pesaran, como un adulto que día con día tiene que ir a un trabajo que no le gusta, y no puede tener otro.

Manolito. ¡Coño!. Levantarse y decir con fastidio: ¡otro día! Yo no sé esa gente cómo no se muere. Yo he hecho siempre lo que me ha *gustao*. Ahora, estar aquí en la cantina, me gusta, me gusta conocer gente y bueno, hasta gracia me hace que me digan gachupín en el dominó, y me gusta el dominó, me gusta leer, te tengo a ti, y a mediodía abro la cantina con alegría, y me da gusto que la Toña llega puntual ¿eh? Nunca falta, nunca se enferma, ¿has visto? Te lo digo, no sé qué sería de la cantina sin sus tortas y sus caldos. A ella también le gusta lo que hace, es lo que le hace a uno feliz, hacer lo que te gusta, eso hace las tristezas más llevaderas cuando llegan. Dale gracias a Dios el día que sepas lo que te gusta y lo puedas hacer. Hombre, hay que trabajar, claro, pero en lo que te gusta. Yo extraño *las vacas y las vides* –cuando decía estas palabras Manuel sonreía porque le parecía que su padre lo llevaba a tierras lejanas que él quería conocer algún día- ¿eh? Te gusta ¿eh? Y extraño los campos y las montañas, Manolito; y los ríos de Boborás, el Arenteiro y el Cardelle, los ríos le dan… pues otra vida a tu vida… Bueno, tuvimos que dejar todo aquello, tu madre y yo nos teníamos, nos casamos en San Martiño de Cameixa. Tu madre quería casarse en Carballiño, pero la convencí a ella y a su familia de que nos casáramos allá en Boborás. ¡Un, qué bonita iglesia! Bueno, sé de paisanos que se la han pasado mal y han tenido que hacer muchos sacrificios… nosotros hemos corrido con suerte, ya lo creo. Mira lo que son las cosas, en el pueblo, que era pequeñito, me gustaba estar en el mostrador del tío Angel, un tío abuelo tuyo, y atender a la gente y eso, y luego cuando ya me iba por la tarde al campo y al río me sentía muy bien y muy feliz porque me lo había ganado. Cuando iba con mi padre al pueblo de tu madre y él allá me compraba un libro con un señor que los vendía en su casa, me hacía feliz, y aunque era un regalo de mi padre, era también una forma de pagarme lo que había hecho, y yo sentía que me lo merecía. Ahora, como has estado triste, lo que te mereces es que te consuele y mira lo que te he comprado. Le puso en las manos La isla del tesoro con todo y unos dibujos. Manuel se recargaba en su padre y empezaba a hojear el libro y luego se iba a su cama y se ponía a leer hasta quedarse dormido. A veces sucedía que al día siguiente la tristeza y el desánimo habían desaparecido por completo.

Manuel se acostumbró a ser así, a vivir con esos cambios que a su padre dejaron de asombrarlo y de inquietarlo. Es que yo creo que tienes algo de artista, hijo, es lo que pasa; los artistas son así, medio raros. Tengo un paisano, sí lo has visto por aquí, viene muy de vez en cuando, Antonio Pérez, que es un poco así como tú. Se vino antes a "hacer la América", como solía decirse, por gusto. No quería hacer dinero, no sabe bien a bien cómo hacerlo, sus hermanos sí, ellos ahí van, y van a ser muy ricos, uno los ve, trabajan como burros. Antonio es diferente, a él sólo le gusta leer y creo que está escribiendo un libro. Nos burlamos un poco de él porque cómo va a escribir un libro si no terminó ni la ínfima, que aquí llaman primaria, bueno, lo único que hemos terminado los demás. Yo creo que al menos un libro sí va a escribir porque es mucha su determinación y su tristeza. Es una historia o novela sobre un hombre que se perdió aquí en México, bueno se perdió porque se volvió como loco, le ganó la nostalgia y el peso de tener que responder a unos sueños que no eran los suyos. Porque hay a quien le pasa, que tiene que responder a sueños ajenos, joder. ¡Como si no fuera bastante bronca con los propios! Antonio tiene una papelería y no sé qué más. Total que hace dinero a pesar suyo. Puso una papelería para ponerse a leer porque también vende algunos libros. Es un poco raro y huraño, pero es muy bueno, se le ve en los ojos. Yo creo que va a escribir ese libro sobre aquel hombre un poco para contarse a sí mismo. Coño, hijo, uno nunca sabe lo que pasa dentro de los demás. Somos tan raros. Sí creo que te va a ir bien a ti, ya lo verás. Yo lo sé. Y así eres, y uno tiene que ser como es.

Un día el productor Manuel Alatorre ya no pudo más con esa depresión que iba y venía, ya eran más y más los días en que lo vencía, hasta que dejó todo, y se aisló. Ya ni su propia audacia lo convencía, la creía inútil, y se sentía solo. No se suicidó de milagro, quizá de tanto pensar en su padre y en su madre, que moverían la cabeza negativamente, que si estaban en algún lado sufrirían por él, que no podía hacerles eso. Así se mantuvo vivo, pensando en ellos, leyendo, leyendo, caminando. Se alejó de sus amigos. Quiso perderse y se perdió para el mundo.

XIX

Manuel estaba obsesionado con la lectura y había leído todo lo propio de su tiempo, desde Alan Wats a Herman Hesse, en particular Demian, El lobo estepario y Siddartha, tan comunes en su generación; por supuesto a Jack Kerouac, a Beaudelaire, a Camus, a Sartre, a Dostoievsky, a Steinbeck, que tanto le gustaba a su padre, y a Marcuse, a Fromm, a Fanon, y La Sagrada Familia, de Engels. Además del rock le gustaba el jazz, acumulaba discos y sonidos que Teresa jamás había escuchado. De él emanaba seguridad, alegría de vivir y, sobre todo, un humor de libertad y una inteligencia vivaz, quizá lo más atractivo para Teresa. Además vivía solo y tenía el negocio que le había dejado su padre, la cantina. Y estaba decidido a irse a estudiar cine a Francia donde estaba *La nueva ola*, los que sí sabían hacer cine y los mejores teóricos. No quería ser director; le interesaban el guionismo y la producción. Teresa estaba convencida de que era el hombre de su vida, y de querer casarse con él. Además a su mamá le caía muy bien, le parecía muy correcto, muy educado, muy inteligente, y la verdad que no es feo, Teresa.

El no quería casarse. Se lo dijo con toda claridad, ni quería ni podía. Le dolía decírselo, y era inevitable hacerlo. A pesar del llanto y la furia de Teresa, de sus reproches, Manuel sentía la necesidad de decir la verdad de sus sentimientos. El quería ser libre, él sí creía en las ideas de su generación, hasta se atrevió a decirle la intelectualada de que era más frommiano que marcusiano y que creía en verdad en el logro de la libertad individual. Apenas lo dijo se percató del error porque Teresa explotó:

-   Sí, ya sé que eres muy culto y que sabes mucho, nada más que esto que estamos viviendo no son tus libros ni sus teorías, es la vida real, estamos tú y yo aquí, frente a frente y me estás destrozando la vida. No sólo perdí la virginidad sino que además estoy embarazada. ¿Puedes comprenderlo o no?

- Sí, lo puedo entender, pero no te la estoy destrozando- su voz era apenas

audible-. Lo de la virginidad no es tan importante.

- ¡Claro -se desencajó ella llena de indignación-, para ti no porque estás

acostumbrado a estar con puras putas! Yo me entregué a ti.

El prefirió no responder. Simplemente insistió en que no quería amarrarse, quería ser libre porque tenía todo para serlo y no era malo, le suplicaba que comprendiera. El estaba solo en la vida, no tenía padres, ni hermanos, su hermana había muerto cuando él era niño. Y si, quizá tendría una familia, pero no a los 24 años, él quería vivir hacer muchas cosas, le apasionaba el cine. No podía casarse, no podía responsabilizarse de una familia. Y también se atrevió a hacer una propuesta absolutamente fuera de lo común en el México de 1968: si quieres te ayudo a abortar, y lo dijo como solución impensada, ni siquiera le representaba un dilema moral. Fue peor. Para Teresa, Manuel la quería llevar de una desgracia a otra, de una tragedia a otra, de una inmundicia a otra. Lo odió, lo insultó, le recriminó. El asumía, trataba de entender, pero no podía ceder, no tenía fuerzas para ceder y tenía muchas para no hacerlo. Y también estaba aterrado. Manuel tenía ganas de salir corriendo, sabía que esa conversación sólo llevaría a más dolor, a más impotencia. Le dolía, de verdad le dolía no poder decir sí, vamos a casarnos. Sí había dicho que mantendría al niño, que lo vería, pero no podía casarse, no podía meterse en una familia porque entonces todo lo que había pensado y reflexionado y en todo lo que había creído y todo lo que quería serían mentiras en él, para él mismo, se derrumbarían dentro de él, peor aún: él mismo las derrumbaría. Y para Teresa lo más importante era tener una familia, estaba segura de que lo iba a hacer feliz, ella lo iba a ayudar a hacer todo lo que él soñaba y además iban a tener un hijo de su amor, él no podía hacerle eso, no podía, no era justo, tenía que pensarlo con madurez, con serenidad. "No me digas que no, por favor, Manuel, no me digas que no, por favor" dijo ahogada en sollozos, con la boca temblándole, sus últimas palabras apenas se le escuchaban en el ahogo y se derrumbó sobre la mesa, con los puños cerrados de desesperación. Y Manuel sintió una enorme pena por esa mujer con la que había sido muy feliz aquellas semanas fugaces, y por él mismo. Y cuanto ella más suplicaba él se hacía más fuerte en su decisión.

La conversación no conducía a nada porque no había un sendero común, era interminable porque los pedazos del cristal del amor estaban hechos añicos en el suelo y terminar la conversación sería aceptarlo, saber que aquello era irreparable. Manuel quería tener un gesto amable, cálido, que aliviara un ápice el dolor, la desesperación, la frustración de Teresa, que lo hiciera sentir mejor a él mismo, pero comprendió que cualquier gesto de esa naturaleza podría generar en ella un instante de falsas esperanzas; ya no decía nada, no intentaba responder, sólo miraba los pedazos brillantes en el suelo y resoplaba. Para ella su actitud fue dureza, insensibilidad miserable, egoísmo puro. Al despedirse, Manuel sólo atinó a decirle perdón y ella ya no le contestó.

Ahí no acabó todo. Teresa tuvo que afrontar a su madre cuando le dijo que estaba embarazada. Oyó todo lo que se imaginaba de horror entre la gama de palabras que van desde el pecado cometido hasta la deshonra causada. Y desde luego escuchó aquella frase recurrente de ¡si tu padre viviera!, una especie de dios justiciero que no habría permitido... Una y otra vez Teresa pedía perdón, y lo que en verdad pedía era comprensión, cariño, sentirse protegida, encontrar refugio en unos brazos. Que triste puede ser no recibir un abrazo. Su madre insistía en que ese perdón se lo debía de pedir a

Dios, a quien había ofendido y para ella aquello era una completa desgracia, y ese poco hombre de Manuel la iba a escuchar, el asunto no estaba terminado, que ese muchacho mequetrefe no creyera que podía abusar de dos mujeres solas. En vano suplicó Teresa que no le dijera nada, y el día en que Manuel y doña Josefina quedaron de hablar, una flamita de esperanza se albergó en su imaginación con casi dos meses de embarazo.

Manuel aceptó hablar con doña Josefina, sentía que era lo menos que podía hacer para ayudar a Teresa. Tenía miedo de lo que iba a vivir en la situación, asumió que debía aceptar de antemano todos los reproches y todo lo que se le iba a decir, pero se mantendría firme, por su cabeza pasó la idea de que quizá doña Josefina lo comprendería y que sería un puente para que Teresa entendiera que él la ayudaría con el niño, le daría dinero, porque todo y lo único que él quería era mantener su libertad, no ser un hombre casado, no entorpecer sus sueños, aunque incluso fracasara en ellos.

Cuando Josefina le reclamó cómo era posible que se hubiera atrevido a hacerle eso a su hija, una muchacha decente, inocente, que si eso era lo que le habían enseñado sus padres, Manuel la miró fijamente y con voz clara, respetuosa, con convicción en sus palabras, le respondió que la responsabilidad era de ambos, de él y de Teresa, y perdón señora, no debo decir nada más. Doña Josefina asumió el golpe, le acababan de decir una gran verdad porque ella misma, cuando veía a Teresa tan entusiasmada con Manuel le había dicho que ojalá y se casaran, que a sus veintidós años ya estaba en edad de casarse. Y Manuel volvió a decir que él no se iba a casar por ningún motivo. Sí, la madre de Teresa le dio y dio vueltas al asunto, aún comprendiendo que Manuel no cedería, y cuando llegó a su casa y Teresa le preguntó qué había pasado, sólo le contestó que iba a tener un hijo sin marido y que sería lo que

Dios quiera. Enfréntalo, Teresa, y yo lo enfrentaré contigo; ya veremos qué le decimos a la gente. A eso llegaste, a eso llegamos.

Todo empieza a obscurecerse, los colores van desapareciendo poco a poco entre nebulosas grises y negras. La habitación se va haciendo pequeña, también Teresa siente que empequeñece; todos los objetos se agrandan, comienzan a adquirir un enorme peso, van robando espacio, oxígeno y comienzan a oprimirla. Ella quisiera refugiarse en un rincón cálido, pero no hay ninguno y el frío se adueña de su cuerpo. Las palabras se desmoronan en su garganta. Siente la soledad en todo su cuerpo. Empieza a llover. La calle se torna grisácea bajo la lluvia espesa, sucia, gritona. Teresa mira tras los cristales y sus lágrimas distorsionan las figuras de la calle, los cuerpos indescifrables que corren, las luces inquietas y nerviosas. Entre tanta agua de adentro y afuera recuerda los momentos irrecuperables con Manuel, de sentido del humor, de coquetería, de seducción, de esperanza, de abrazo. Recuerda sin proponérselo ese bolero que les gustaba tanto, *Una semana sin ti*, un bolero en tiempos en que los boleros parecían pasados de moda para siempre. Lo canta quedo.

Esperando en silencio/ que vuelvas de nuevo conmigo/ van pasando las horas/ y siento que al fin llegarás/ cuánta falta me has hecho estas noches/ de espera incesante/ cuántas cosas se pierden/ en una semana sin ti...

Las cortinas de agua aumentan, empapan su pecho, y van pasando los minutos, las horas, y no deja de llover, y pasarán los días y los meses y los años, y la lluvia estará ahí, adentro, para siempre, hasta el final. Y ella vivirá aferrada a unas rendijas por las que se cuela el sol a través de ese hijo surgido de un enamoramiento sin remedio. Y él crecerá en medio de la lluvia, de una lluvia que no le pertenece y que lo moja.

No importan los tiempos sino los sentimientos, la concepción propia del mundo, del propio espacio, del sentido de la existencia, la concepción del dolor, del bien y del mal, de la dignidad y de la honra, lo que te han inculcado hasta la médula, lo que ella sentía y lo que sentía su madre desprovista también de un hombre que se le fue pronto, antes de tiempo, y las dos se quedaron solas en este mundo donde la soledad temprana más que un martirio suele ser un estigma para las mujeres. En un mundo que todavía no estaba preparado para las mujeres solas. No importaba que los hippies se pusieran flores en el pelo, como les sugería Scott McKenzie, quien tanto le gustaba a Teresa que no podía ir a San Francisco y México no era ni será nunca San Francisco ni Londres, y entonces menos, y ser madre soltera y no tener padre ni hermanos en la colonia Roma no era nada fácil y menos teniendo tan cerca la iglesia de la Divina Providencia, que exige fe inquebrantable, y a la de la Sagrada Familia, que ella no tiene. Su madre se desesperó tanto que ya nunca se supo, porque ni ella lo entendió, si su afán por Manuel era por amor o por necesidad o por vergüenza, esa vergüenza que hizo inventar la historia del padre muerto.

Teresa se concentró en su embarazo. Sólo una vez volvió a hablar con Manuel y fue para decirle que él estaba muerto para su hijo, que así iba a crecer y que le suplicaba, y no se lo podía negar, que aceptara esa realidad y no buscara al niño. No quisiste casarte, quieres ser libre, pues lo vas a ser y pobre de ti si te apareces en mi vida, créeme que no sabes de lo que puedo ser capaz. Manuel renunció a insistir, ofreció enviar dinero y ella le dijo que por ningún motivo, que ese niño era de ella, sólo de ella. Nadie se ha muerto por no tener padre y por cierto, nadie se muere tampoco por no tener madre. No volvió a hablar con Manuel que se fue cuatro años a París a estudiar cine. No volvió a verlo nunca. Los esfuerzos de doña Josefina para ablandarla fueron inútiles. Sólo aceptó los libros que año con año Manuel le enviaba a su hijo del que supo, por la madre de Teresa, que se llamaba Diego Estrada. La mentira para Diego se fue urdiendo poco a poco, como si hubiera existido un guión previo que no dejaba nada al azar. Su padre había muerto en Guatemala en un accidente y no pudieron traerlo a México. No había tumba que visitar. Se llamaba Fernando. Lamentablemente, las fotos de la boda y otros papeles se perdieron en una mudanza, no sabes cuánto lloré, hijo, no te imaginas, y sólo de acordarme vuelvo a sufrir porque no tengo una sola foto de tu padre, y a Teresa se le llenaban los ojos de lágrimas, pero Fernando fue un hombre maravilloso, hijo, de verdad, por eso no quise volver a casarme, se murió cuando más nos amábamos, así lo quiso Dios. Y así lo aceptó Diego, siempre.

Y te saqué adelante, hijo. Si tú supieras las que tuve que pasar por tenerte, Diego; no me arrepiento, eres lo más hermoso que he tenido en la vida.
Las palabras de tanto amor pesan como ruedas de molino. Se las repitió tantas veces...

XX

Es su padre bromista, fanático del jazz y del cine, el que aparece en su memoria, gesticulador, que al escuchar una pieza interpretada por Art Tatum simula tocar el piano y presume de haberla grabado en Chicago; al que ha escuchado hablar de cine pontificando, yendo contra la corriente: el mejor cine del mundo es el americano, y el mejor cineasta de la historia es Tarkovsky, un místico, el único que ha podido filmar el alma. Pero se daban espacio para otras cosas más simples, las cosas propias de la vida personal.

- ¿Y gustándote tanto la literatura por qué estudiaste administración de

empresas? No te entiendo nada.

- Pues hice esa maestría porque mi mamá me insistió mucho, yo creo que con

razón, en que debería estudiar algo útil, más práctico, como decía. Estuvo bien. Yo también me di cuenta desde la escuela que estudiar filología inglesa estaba muy padre, pero que no era realmente una posibilidad económica. Sí, leo mucho, lo disfruto, pero creo que me va mucho mejor en la empresa que como maestro de literatura.

Su padre no le comentó nada, sólo se le quedó mirando y esbozó apenas una leve sonrisa.

Ambos disfrutaron mucho aquel relato de la iniciación sexual de Diego. ¡Si su madre hubiera sabido! Ella tenía una amiga preciosa, Caty, de origen alemán, que para Diego era sencillamente divina, la dueña de las piernas más hermosas que había visto –sobre todo en películas-, una mujer angulosa con una boca que era en sí misma todas las promesas de felicidad posibles para un adolecente de 17 años. Lo increíble fue que él se atrevió a pedirle un beso, ya no podía más porque cada vez que la veía, que iba junto a ella sentada en el coche y le veía un poco de los mulos naciendo por encima de la rodilla creía que se iba a volver loco de tanta sangre que le subía a la cabeza. Así que un día, su mamá lo mandó a casa de Caty a quién sabe qué, y ahí estaba ella, con sus dos hijos pequeños, en todo su esplendor de mujer madura –para Diego- y divorciada a los 34 años. ¡Dios mío! Y en la puerta, al despedirse, se lo dijo, se atrevió. Caty, me gustaría mucho que me dieras un beso así, grande, de película, tengo muchas ganas, y ella se sonrió, lo tomó como lo más natural y le dijo que la próxima vez que fuera le avisara antes por teléfono para que ella mandara a los niños al parque. ¡Carajo, qué promesa! De todos modos ese día Diego regresó a su casa sintiendo los labios de Caty en la comisura de los suyos, en todo el regreso en el camión no podía pensar en otra cosa, y así siguió casi una semana porque no podía estarle diciendo a su mamá que lo mandara a casa de Caty, temía que sospechara, bien sabía ella que "hasta en las mejores familias" se cuecen habas y que ninguna linda dama educada está libre de tentaciones y mucho menos un chamaco de diecisiete años. ¡Cómo se reía su papá con la historia! Claro que Diego vio a Caty en esa semana. Ella fue a ver a Teresa y al menos la vio sentada en la sala, con las piernas cruzadas, ¡se le veía la parte oscura de las medias de tanto que se le subía la falda! Tenía ganas de ir a dar de gritos al baño, y sí, acabó yendo al baño. Pero no hay plazo que no se cumpla así que un día, por fin, un día, su mamá mandó a Diego a casa de Caty. En la primera caseta de teléfono Diego le marcó a Caty para avisarle que iba para allá, sí, ya sé, le contestó ella y él sintió una punzada de culpabilidad. De alguna forma estaba traicionando la confianza de su mamá que ni se imaginaba lo que él tanto anhelaba y que podría hacerse realidad esa misma tarde. ¡Tarde! Ya no era hora de que los niños fueran al parque y menos cuando él llegara. Su corazón palpitó aceleradamente todo el camino que se le hizo eterno hasta Polanco. Cuando llegó, las criaturitas ya estaban en pijama, unas criaturitas lindísimas, dos niñitos de 3 y 4 años, así que se puso a jugar con ellos para cansarlos. Caty no le hizo la menor insinuación y eso acentuó sus nervios. ¿Se habría arrepentido? Total, que para no hacerte más largo el cuento, los niños se quedaron dormidos y yo no sabía qué hacer, todo mi atrevimiento de la vez anterior había desaparecido y estaba a punto de irme, porque además ahora sí tenía conciencia de la vergüenza del rechazo, así que pensé que lo mejor era irme sin decir una palabra y salirme con mi frustración, cuando Caty me llamó a la cocina, así, normal, como había hecho muchas veces.

Y Diego entró y ella estaba ahí, sentada sobre la mesa, en pantalones, con las piernas separadas, le pidió a Diego que se acercara, le echó las manos al cuello y lo besó, primero muy suavemente, y después con pasión, con excitación, metiéndole la lengua hasta donde él no se hubiera imaginado nunca que entrara la lengua de una mujer, él la abrazó, quería tocarle los senos, no se atrevía, de todos modos empezó a sentir esa sensación única, acelerada, ininterrumpible en su pene y se vino temblorosamente y cuando abrió los ojos, Caty lo estaba mirando con una dulce sonrisa de ternura, y de no ser por el antecedente inmediato Diego habría jurado que estaba en presencia de la virgen María en versión teutona.

Después vino lo mejor y Diego fue un muchacho afortunado, muy afortunado de diecisiete años que había hecho el amor con una mujer de a de veras. Y como diría Sabina, "lo nuestro duró lo que duran dos peces de hielo en un whisky on the rocks" porque luego Caty se fue a vivir a Estados Unidos.

Aunque no lo creas después de esa primera vez sentí mucha vergüenza con Caty. Me atraía y a la vez la rechazaba, no quería verla y me moría de ganas de verla. Dos veces que fue a la casa casi ni caso le hice y me salí en cuanto pude. Me sentía culpable, esa es la verdad, y era ella el objeto de mi culpa. Yo las veía ahí platicando tan normal y yo pensaba puta, si mi mamá supiera que me la cogí, bueno, que me cogió su amiga. Y no entendía cómo

Caty podía estar tan ecuánime, tan tranquila, como si no hubiera pasado nada. Creo que todo eso me daba más culpa también, y de algún modo me fascinaba.

Sí, me imagino, era lógico, con la educación que tuviste... no tenías culpa de nada, lo que hiciste fue sorprendente y maravillosamente sano.

Al oír esa frase, Diego sintió de pronto que hervía, que su padre se estaba metiendo sin derecho alguno en su vida.

- ¿Tú qué sabes la educación que tuve? Mi mamá estuvo ahí siempre, todo lo

que soy se lo debo a ella, no a ti, mi educación no tuvo nada de malo, siquiera ella y mi abuela me educaron, tú no.

Diego se quedó mirando a su padre retadoramente, pero Manuel no dijo nada, no respondió y le sostuvo la mirada hasta que Diego finalmente la desvió, se tranquilizó.

- Lo siento... tienes que comprenderme... no me gusta estallar así.

- Te comprendo, y tienes razón, no sé nada de tu educación, de tu vida sólo sé

lo que has querido contarme y también lo que sabes de la mía es lo que he querido contarte. Hasta ahora todavía seguimos siendo dos desconocidos. Lo más importante es que poco a poco dejemos de ser ese par de desconocidos. ¿No te parece?

- Sí, tienes razón, pero no quiero hablar porque sé que seguramente me vas a

decir cosas que me van a doler, ya te lo he dicho. Lo que pasa ahora es que no sé cómo comportarme ante un padre, ni siquiera sé o supe bien a bien qué era no tenerlo, todo lo que tuve fue a mi mamá y a mi abuelita. Bueno... con culpa y todo, volví a estar otras dos veces con Caty antes de que se fuera. Padrísimo. Quién sabe qué habrá sido de ella... siempre la recordaré con mucho cariño.

- Haces bien, se lo merece.

XXI

Cuando Teresa decidió hacer de Diego todo un hombre no escatimó ternura, a su modo, y tampoco dureza. Desde niño, él comprendió que los berrinches y las pataletas no conducían a ninguna parte, y que eran el camino más largo para obtener algo o para no lograrlo. Ante todo la mano firme, en especial a partir de quinto y sexto de primaria. Al poco tiempo, el niño se había acabado, se habían acabado los juguetes y, para colmo, ella lo sabía, empezaban las tentaciones terribles de la carne.   Debía cuidar a su hijo de las mujeres, de las lagartonas.

Teresa no se conformó con las enseñanzas escolares, así que gracias a ella Diego conoció los murales de Bellas Artes, de San Ildefonso, de Educación Pública, a Tamayo. Cuando pasó a secundaria le regaló los Clásicos Jackson y El Tesoro de la Juventud, y lo obligaba a leerlos; ella también le ponía tareas como en la escuela.   Para Teresa estaba muy claro que para que su hijo fuera un hombre de provecho tendría que ser también culto. Ella tenía que estar orgullosa de él, no sólo quererlo y amarlo como hijo.

Sin conocer la teoría o el origen de la expresión, aplicó la educación del garrote y la zanahoria. Diego podía sentirse muy amado y de pronto algo sucedía o él hacía algo, a sus ojos no tan grave ni disparatado, que lo convertía en incapaz de merecer todos los esfuerzos y sacrificios que se hacían por él, para él.

Los enfrentamientos empezaron a ser más frecuentes cuanto más tiempo quería pasar él en la calle, con sus amigos.

Teresa sentía perder el control de su hijo y no se lo iba a permitir. Temía no sacarlo adelante bien, hacerlo un buen hombre, que se le hiciera un vago, que le hiciera falta en verdad el padre que no tenía. No estaba dispuesta a la derrota.

A las 9 de la noche a más tardar debería estar en la casa. Si iba al cine había que decir con quién, a qué cine, qué película. En el catálogo de Teresa y, más de su abuela, estaban las películas que no debía ver. Por supuesto, nunca hubo vacaciones ni paseos en jueves y viernes santos. Diego veía con envidia a sus amigos que partían a Acapulco, Cuernavaca, o a tal o cual balneario, y si lo invitaban: No, eran días de recogimiento y de guardar. A cambio, su mamá le había enseñado a apreciar la ópera y la música clásica. Por ella descubrió a todos los que se habían convertido en sus favoritos, en especial Brahms, Mozart, Haendel y el inevitable Thaikovsky. Ella lo llevó por primera vez al Palacio de Bellas Artes a la ópera, La Traviate, y a un concierto sinfónico. Diego descubrió que aquella música podía gustarle tanto como el rock. Coincidentemente, el maestro de música en el colegio sentía por él una especial animadversión y como no podía estarse callado en clases, el maestro aprovechaba la menor oportunidad para sacarlo del aula. Aun así, Diego parecía invencible en música pues siempre sacaba 9 ó 10, gracias a las enseñanzas de su madre y a El gran libro de la música.

A los trece años se propuso averiguar qué le sucedía si no iba a misa el domingo. No con mucha sorpresa, incluso con cierta alegría, comprobó que no le sucedía absolutamente nada, que se sentía muy a pesar de haber mentido a su mamá y a su abuela y de no haber ido a misa. Al siguiente domingo la historia se repitió y así cada vez se sentía mejor, más libre. dejó de confesarse, de comulgar. No volvió a misa hasta que murió su abuela, entonces realmente deseó hacerlo. Y después no volvió hasta que murió su madre, sólo una vez.

Can la falta a misa se habían ido también los cuerazos y los correteos alrededor de la mesa del comedor. Su madre enfurecida persiguiéndolo con el cinturón y él tratando de esquivarla. La mayoría de las veces no lo logró y conoció el poder del látigo de la autoridad. Quién le mandaba ser grosero, contestar tan mal, ser desobediente.

Teresa no lo iba a tolerar. Si alguna vez Diego lograba burlar la persecución, llegaba a la puerta y salía corriendo dejando atrás los gritos y advertencias de su madre. Dos o tres horas después se arriesgaba a regresar y comprobaba que su madre se había calmado; estaba obligado a decir la famosa frase "perdón, mamá, no lo volveré a hacer".

Vaya sorpresa que se llevó Diego aquella tarde que caminaba por Orizaba abrazando a Chiquis, su novia secreta, mientras Chucho hacía lo propio con Verónica, la prima de Chiquis; al dar la vuelta en la esquina de Colima se encontró de frente la presencia severa y amenazadora de Teresa. Lo había seguido y lo quiso descubrir.

Sólo le dijo: Vas a ver cuando llegues a la casa. Y se dio la media vuelta y se fue. Diego sintió la vergüenza más profunda de su vida, lo invadía la ira y la impotencia. Ese día llegó muy tarde a su casa, soportó impávido todos los gritos y amenazas, estaba decidido ahora sí a no decir nunca más no lo vuelvo a hacer.

¡¿Cómo se atrevía a tener novia?! ¡¿A andar de vago dando de vueltas en la calle, además con esa naca?!

Diego no terminó el noviazgo, y aprendió a ser más cauteloso. Cambió los recorridos y descubrió nuevos parajes y rincones para los deseos que él y Chiquis descubrían de la mano.

El mundo estuvo a punto de derrumbarse, las esperanzas parecieron salir volando hechas añicos aquel día que Diego llegó con la boleta en la que aparecía la más grande humillación de la que podía ser sujeto un alumno en la escuela, la exhibición de toda su deshonestidad: un "cero por fraude" estaba escrito en el rubro de Biología.

Especialista en acordeones en las materias que le resultaban particularmente difíciles, como álgebra y física y química también, en aquel examen no corrió con suerte y el maestro de Biología lo descubrió, guardó su examen y lo sacó de la clase.

El golpe parecía mortal para Teresa, no tanto para la abuela. Teresa estaba inconsolable. No sólo no sacaba calificaciones decentes sino que además hacía fraude. ¿Cuántos había hecho sin que lo descubrieran? Era toda una decepción. Lo mejor sería internarlo en una academia militar.

Afortunadamente aquella posibilidad fue peregrina, un arrebato de decepción pasajera porque su madre y su abuela no resistirían tener a Diego lejos de ellas, internado, padeciendo una disciplina inhumana y quién sabe con qué clase de compañeros. Y Teresa no podía darse el lujo de perder la fe en su hijo

No volvió a haber un cero por fraude y Diego empezó a contar con la simpatía y la amistad de su maestro de historia, Panchito Fernández, quien logró hacer entender a Teresa el espíritu rebelde por naturaleza de Diego y que por las malas no compondría nada y quizá empeoraría. Diego necesitaba más libertad y menos chantaje. No podía cuidarlo tanto porque sería contraproducente y, sobre todo, le dijo, no hiera su orgullo. No fue fácil para Teresa entenderlo; al mismo tiempo, por el carril de la derecha, Diego rebasaba y tenía experiencias como la de Caty.

Y cuando creció, aquella madre rigurosa, a veces rígida y severa, se tornó amiga, consejera, estímulo, respeto a la vida de su hijo. Se acabaron las imposiciones, los juicios, los regaños, las advertencias. Surgió en toda su plenitud una madre llena de experiencias en la vida que tenía siempre a la mano las palabras adecuadas para el hijo que las necesitaba. Y se acabaron las opiniones sobre tal o cual novia o amiga. Había sacado a un hombre adelante y como tal empezó a tratarlo.

XXII

-Tu mamá fue la que te hizo. ¿En qué trabajaba? Nunca me has contado.

-Uy, papá, pues era muy luchona. Me acuerdo que unos años, no sé cuántos serían, hizo vestidos tejidos sobre medida. Mi abuelita y ella tejían muy bien. Unos eran totalmente a gancho, me aprendí todo eso...

Su padre lo escucha con cierta ternura

-Otros a máquina; se compró una tejedora y ahí la veías todo el día. A mí me mandaban a comprar estambre al centro... Me gustaba aquello porque a veces iban unas mujeres que me parecían muy guapas a probarse y a tomarse medidas. Estaba bien... Duró unos cuatro o cinco años, por ahí. Después se dedicó a traer cosas del otro lado, sábanas, perfumes, adornos, en fin. Muchas veces yo la acompañaba. Eran unas sobas muy divertidas. Nos íbamos a Laredo o a Brownsville, en autobús, toda la noche en el autobús, luego comprábamos todo el día y nos regresábamos a la noche siguiente, para que rindiera, nunca gastamos en hotel ni nada de eso y a mediodía comprábamos hamburguesas y refrescos. Yo traía cosas que les vendía a mis amigos, o cosas para hombre en general, todo salía, todo se vendía. Traía pantalones, camisas, discos por encargo, lociones ¿cómo ves?... ¿Y tú mientras, qué hacías?

- ¿Te acuerdas cuándo produje *El tren vacío*?

- Claro, se estrenó en 1989, una leyenda en Europa, en los círculos de Nueva York y San Francisco, poco apreciada en México...

- Cuando terminé esa película acabé agotado. Creo que, como el tren, me quedé vacío, ya no supe por dónde seguir, qué otra película hacer. Estaba muy cansado.

- No sabes cómo lloré al final, cuando el niño se queda solo en el tren y empieza a columpiar sus piernas mirándose los zapatos todos maltratados, hasta que se sonríe…

- Yo era un poco ese niño… la película era como mis zapatos, mi vida como todos los que habían ido en ese tren, lo que no es una metáfora sobresaliente…

- La hiciste de muchos contrastes, eso era lo mejor, su humor ácido a momentos, su ternura, su fuerza en los momentos dramáticos.

- Fue obra del director, de José Luis, tú lo sabes…

- Sí, pero el guión era tuyo, tú la produjiste, ahí estaba toda tu energía.

- Te decía que me quedé vacío, y comprendí que en mi afán desde veinte años atrás o más, no había tenido tiempo para mí, para conocerme a fondo, para disfrutar de la vida, sobre todo eso, disfrutar. Era como si yo le hubiera estado huyendo a la vida, a la de a de veras, la de adentro, ¿me explico?

- ¡Tu vida fue muy intensa, estoy seguro!

- Sí, lo fue a veces, y eso no siempre es saber vivir. A veces vives en una vorágine, la vida está llena de trampas, de máscaras. Te enredas y no te encuentras. Yo había llevado una vida solitaria, con mucho ruido a mí alrededor, me deprimía mucho. Eso sí, te puedo jurar que todas las películas que hice, que no fueron muchas, fueron totalmente auténticas, todas mis entrañas estaban en ellas. Busqué siempre a los mejores directores a mi alcance que creí los indicados para cada una…

- Es obvio, se nota de inmediato, y en tus guiones.

- Sin embargo algunas veces llegué a pensar en volver. Nunca debemos decir que no volveremos a hacer algo. Todos somos impredecibles. ¿Te gustaría que hiciéramos una película juntos?

- ¡Papá, sería padrísimo! Ora sí que… sería un honor para mí, en serio…

Su padre lo mira, siente satisfacción, como si estuviera envuelto en un gran abrazo.

- Pues habría que pensar una historia, piénsale, búscala hasta que la encuentres y ya no se pueda alejar de ti... esas son las buenas... las únicas.

- Ya nos desviamos, me estabas diciendo por qué te alejaste... ahora ya sabemos que vas a regresar. Acábame de contar.

-       - No, no, yo no he dicho que voy a regresar. Sólo se me ocurrió algo, no quiere decir que así vaya a ser. Estaba cansado de muchas cosas, obviamente de luchar tanto. Cada película me costó una vida. Ya sabes que hacer cine en México es muy difícil. Como industria se acabó en los años cincuentas. Era mucho batallar, lidiar con burócratas, con los coproductores españoles o franceses que a como de lugar quieren siempre la tajada más grande a pesara de que ponen cuando mucho un tercio, en fin, un viacrucis cuidar todos los detalles. Tres, cuatro años dedicados a cada película, después pelear con los distribuidores. En fin, aunque siempre gané –aflora en sus ojos el brillo de la malicia, surge socarrona la sonrisa-, yo era una fiera, nadie me podía ver las plumas, hijo... También se cansa uno de pelear, de tanto navegar en el mar crispado. Sí, me gustaba lo que hacía, era mi sueño y había tenido la fortuna, como pocos en esta vida, porque son muy pocos los que logran realizar sus sueños, de haber cumplido los míos. No tenía nada que demostrarle a nadie porque me lo había demostrado a mi mismo. No tenía frustración alguna. Primero me retiré a descansar, ese fue el pretexto, y luego el descanso se siguió... se siguió... y cada vez me sentí más solo, de una manera diferente, como que esta nueva soledad me dolía mucho menos. Y me sentía más libre. No sólo crear da libertad, también la posibilidad de no hacer nada. Porque ya podía pensar de otra manera. Intenté relaciones amorosas, lo cierto es que me moría de miedo. Cuando estás solo corres otros riesgos, no el riesgo del amor, de sus posibles dolores.

Siempre que se empieza una relación, en medio de toda la alegría, del entusiasmo, del enamoramiento, está agazapado el dolor del rompimiento, y creo que salvo casos extremos que tú me entiendes, no hay dolor más grande que la pérdida de un amor.
Y además, me dio por escribir mucho. No sabes la cantidad de cosas que tengo escritas.
Un día te las voy a enseñar, te voy a dar la sorpresa.

- Sí, eso ya me lo dijiste y sigo esperando.

Antes que la sorpresa llegó la enfermedad. Ya me los enseñará. Va a estar bien y me los va a enseñar. Tiene que ponerse bien.

XXIII

En el área de terapia intensiva los días y las horas son inmutables. La luz no cambia, los colores son indiferentes: ese azul que se utiliza con alegría cuando los niños nacen, el blanco impecable de las palanganas, de las sábanas, de la ropa de las enfermeras, de sus cofias; el metal reluciente en todos los instrumentos, en los trípodes para los líquidos. La luz en el día siempre igual: falsa, incapaz de causar agravios o dicha a los ojos. Luz impersonal, tan sólo útil.

Por la noche, una oscuridad ingenua, burlada por lámparas de reflejos tenues, serenos, que caen sobre el área de las enfermeras, en las cabeceras de los enfermos. Los parpadeos fluorescentes de los aparatos, sus zumbidos ininterrumpidos, sus gráficas alucinantes, a Dios gracias inquietas, son símbolos de la lucha por la vida.

Su padre ha estado todos esos días que ya es difícil contar, con su respiración convertida en un sonido de fuelle, con los ojos cerrados, como si durmiera con placer. El contacto físico ha sido la caricia a las manos del enfermo, a veces casi inercial y no por ello menos sincera. Es la necesidad de la cercanía, del tacto.

- ¿Sabes qué, papá? Ahora que te recuperes nos vamos a ir de viaje, vamos a ir a España, a Galicia a que conozcas la tierra de tus papás, a que yo conozca la tierra de mis abuelos. Te lo prometo. Y allá pondremos flores en honor de ellos, y tú irás a su pueblo y caminarás las calles por donde anduvieron ellos cuando eran novios. ¿Quieres? Ya verás, lo vamos a hacer en su honor y por nosotros.

-Buenas noches –lo interrumpió la enfermera- una señora que vino a ver a su papá me dejó esta carta para usted.

-Gracias –respondió Diego- tomando el sobre blanco dirigido a él con impecable letra Palmer.

-¿Cómo ves, papá? Ahora tu novia y yo nos vamos a cartear…
Bueno, descansa, piensa en ella. Te veo mañana.

Al salir de la sala de terapia intensiva, Diego ve llegar al doctor y
lo saluda con esperanza

-Hoy no le quitamos el ventilador como ya vio, lo haremos
mañana temprano; ya prácticamente no tiene infecciones; la
neumonía ha cedido. Si él resiste esto, y puede respirar solo, ahora
sí creo que estaremos del otro lado. Además, ya no es conveniente
tenerlo así… Sí me asombra la fortaleza de su padre. Ha ido
venciendo todo poco a poco, como si lo estuviera planeando.
Cuando llegó aquí teníamos todo menos optimismo. Es un hombre
muy fuerte, con ganas de vivir. Como médicos vamos aprendiendo
eso con nuestros pacientes. Hay veces que por más que nos
esforcemos, así hagamos todo bien y la lógica indique que no hay
motivo para problemas, el paciente se acaba yendo. Y eso es
porque quieren, porque en alguna parte de su ser desean irse. Su
papá es totalmente lo contrario – el doctor le palmea el hombro a
Diego -. Váyase a tomar unos tragos, a hacer algo divertido. Este
tranquilo. Voy a ver a otros pacientes.

- Gracias doctor, lo siento muy confiado.
- Lo estoy, así que usted también. Que esté bien. Lo veo
mañana.

Manuel Alatorre continúa en su silencio, alejado del mundo. Sin
embargo, en su propio espacio, en su propio tiempo, en una
dimensión insondable, una luz intensa, lejana, lo atrae. El la
observa fijamente, atraído por su resplandor; sus destellos lo hacen
levantarse y él, con un gozo tenue y sereno, se levanta y despacio,
con paso firme, sin tambaleo ni duda alguna empieza a caminar
hacia ella. Conforme él se acerca, la luz aumenta su esplendor; los
tonos de un amarillo apenas perceptible empiezan a diluirse para
que la luz se torne blanca por completo. En el centro de esa

luminosidad Manuel percibe unas siluetas.   Siente curiosidad, intenta apresurar el paso; se da cuenta que la conexión con el suero y con el aparato de la presión lo frenan. Se los quita y al avanzar distingue con gran claridad a sus padres y a su hermana que ríen mirándolo y lo saludan con la mano. Al correr hacia ellos la luz se difumina un poco y Manuel se da cuenta que están parados en un andén; por más que se apura no logra llegar a donde están, y lo que creía un saludo con las manos es en sí una despedida. El intenta gritar que lo esperen; no comprende si su grito logra salir o no, no lo escuchan, continúan despidiéndose de él hasta que dan la media vuelta y se suben a un vagón recién aparecido. Manuel se detiene abruptamente. La luz de nuevo se intensifica casi hasta cegarlo, entrecierra los ojos. Todo es luz. Los aparatos que lo vigilan permanecen inmutables.

XXIV

Diego llegó a su casa. Se sentía bien, en paz. Quería leer la carta tranquilamente. Se sirvió un Old Parr, puso el concierto para dos pianos de Mendelssohn.

Diego:
Hoy estamos vinculados por la enfermedad de tu padre; quizá cuando él sane nuestra relación sea diferente o no sea. Yo seguiré cerca de él porque es lo que quiero y él también lo quiere. En esa relación que hemos sostenido, tú has estado presente siempre, quizá esto debieran ser palabras de tu padre, pero él no te las dirá, creo, porque es seco y se come muchas cosas, a veces se priva del placer que implica decir lo que siente, tú ya lo conoces. Decía que has estado presente, y yo esperaba que un día aparecieras para que la palabra "hijo" que él pronunciaba, se tornara persona real, de carne y hueso. Sólo temía que no llegaras nunca. Tienes en tus manos una nueva vida en muchos aspectos; sólo de ti dependerá qué hagas con ella, cómo enfrentes tu presente y tu futuro dejando atrás el dolor, no tu pasado, eso no se puede, pero no tienes que agarrarte a él como una forma de vida. Ya no mires al pasado, porque ya no se puede componer lo malo ni recuperar lo bueno. Y yo creo que uno escoge sus recuerdos. No puedo, ni debo hablar de tu mamá, aunque hablaría bien. Sí quiero decirte que su vida no fue la tuya y que tienes que desprenderte del dolor que te hayan causado sus dolores: no los vas a remediar y te vas a seguir haciendo daño.
Ahora tú y yo nos conocemos un poco, ya no seremos fantasmas el uno para el otro. A mí me gustaría verte, me gustaría volver a platicar contigo. Creo que podemos ser buenos amigos y creo que tú también lo sabes. Establecer una relación amistosa conmigo no significa que traiciones a tu madre, que le seas desleal ni nada de esas cosas. Mi felicidad, la que sea también que tenga tu padre, no

se la puedes dar a ella. Pero la tuya sí. ¿Tú crees que tu madre no quiso que fueras feliz? Todas las decisiones que ella tomó, te parezcan buenas o malas, hayan sido acertadas o no, son irreversibles y seguramente muchas sólo tuvieron un objetivo: que fueras feliz. Ser feliz es ya tu única responsabilidad. Ya no mires atrás.

María.

Diego sonrió. ¡Cómo joden las mujeres con la felicidad! En su memoria está el rostro regordete, de sol matutino, de la madre de Francisco. Las mujeres siempre le han abierto la puerta, y esa mujer, esa María, le gusta, le agrada, le importa. Siente que es muy hábil, generosamente hábil. Ahora él deberá dar el siguiente paso. Quisiera hablar con ella en ese momento. No tiene su teléfono, no sabe su apellido. A él, tan impaciente, le tenía que pasar esto. Se sirvió otro whisky. Además el doctor está esperanzado. Sí, todo se va a componer. Y lo asalta la voz de su madre, su rostro, diciéndole, como tantas veces a lo largo de su vida: ya verás, hijo, no te angusties, todo va a salir bien. Observa la silla donde su madre se sentaba cuando la visitaba, la ve deseando un milagro para que ella aparezca ahí sentada aunque sea unos momentos y le sonría y él le pueda decir Mamá, ya verás, voy a estar bien, te lo prometo. Tú descansa, y cuídame. Tú ya sabes lo que está pasando....
Se bebe el whisky lentamente. Tendrá que ir temprano al hospital. No tenía sueño y se puso a escribir para su programa de radio.

Sonó su celular. Chucho y Pepe estaban cenando en *Primo's* y lo animaron para alcanzarlos. Quedó un compromiso pactado: hablar de puras tonterías, nada serio, nada del papá ni la mamá ni la mentira –risas-. Ni la tristeza ni un carajo, y nada de victimismos. Si estás dispuesto, alcánzanos, si quieres sufrir, quédate en tu casa y haz otra página de tu diario. Cómo eres cabrón, le contestó Diego. Ahorita los alcanzo.

Ahí están Chucho y Pepe y para su sorpresa llega Beatriz, muy guapa, lo que sea de cada quien; se ve todavía más buena con los pantalones a la cadera, con el cabello medio suelto y medio no. Ni modo, Diego, me tendrás que aguantar, tus cuates me invitaron. Qué bueno que viniste, me da mucho gusto. Pues sí, porque si no es por ellos de ti ni tus luces. Se sienta a la derecha de Diego y sus piernas se tocan y que si que no, así se quedan y la conversación transcurre sin orden ni concierto, se escuchan un poco, a la primera oportunidad se quitan la palabra, beben Matarromera, comen arenques, calamares fritos, montaditos de lomo. Beatriz y Diego de plano se agarran la mano, toleran estoicamente las bromas, más fuertes para Diego, advertencias previsoras para Beatriz, casi siempre lo de siempre.

Diego ya casi no piensa en otra cosa que en llevarse a la cama a Beatriz hasta que Pepe lo saca de sus deseos diciéndole a ella no lo conoces, de veras, parece muy formalito y en realidad es un loco apasionado. Te voy a contar lo que hizo una vez. Diego se ríe con nervios. Oh, no empieces. Sí, sí, cuéntame, pide Beatriz llena de curiosidad. Hace años tuvo una novia que lo estaba volviendo loco. Oh, ya, mejor vamos a hablar de otra cosa. Beatriz, no cuéntame, ándale. ¿Cuántos años tenía? Diego se apresura a decir que 24. Y Chucho se burla: mira qué bien sabes de quién vamos a hablar. Diego casi se ruboriza. Se ríen. La chava le estaba poniendo unos cuernos así, como los del venado, nomás que al cubo, y éste, desesperado, se va una noche a esperarla afuera de su casa. ¡Se pasa tres horas esperándola! ¡Nooo! ¡¿De veras?! cCmo lo oyes, Beatriz. Fue menos, fue menos, Diego intenta justificarse inútilmente. Piden otra de Matarromera,

Pues total que la ve llegar, la ve bajarse de otro coche que estaba estacionado más atrás y ese coche también llevaba ahí como una hora. ¡La chava llevaba con el güey una hora! En el coche fajando, hablando o esperando a que este se fuera, quién sabe. Total que la chava se baja y llega a su casa y Diego se baja hecho madres, fúrico. Orale, cuéntale tú Diego. No, síguele, vas bien, si te saltas algo te corrijo. Diego está resignado y opta por disfrutar su propia anécdota. Pues que la zarandea. ¿Le pegaste?

Casi. La agarré del cuello de la blusa y la zarandeé. ¡¿Por qué me haces esto?! le dije, y que me acuerdo del otro cabrón que ahí seguía. Llego hasta su coche y le quiero abrir la puerta para bajarlo, él puso el seguro y arrancó subiendo la ventana, me le cuelgo de la ventana y con la otra mano traté de jalarle los pelos para que se frenera. ¡Párate, cábrón! le grité. Las risas de Chucho, Pepe y Beatriz son incontenibles. El güey le aceleró y ahí voy toda una cuadra colgado de la pinche ventana. El güey trató de pegarme contra un coche, pero como que no se atrevía, y tampoco se detenía, total que ya me suelto y al caerme me pongo un supermadrazo y me rompo la chamarra. Me paré rapidísimo y me regresé corriendo a ver a aquella. ¿Cómo se llamaba? pregunta Beatriz. Y antes de que sus amigos respondan, Diego se la saca con eso de que los caballeros no tienen memoria. Míralo tan caballeroso, y se la noqueó. Beatriz abre los ojos con asombro, divertida. No, que me regreso y la vuelvo a zarandear y le dije hasta de lo que se iba a morir. Y me fui. ¿Ella qué te dijo? Además me decía celoso, que mis celos eran enfermizos. No, mentía con un aplomo fuera de serie. ¿De veras te estaba engañando? ¡Claro! afirma Chucho. Ella se acabó casando con ese y luego se divorciaron ¿sabes por qué? ¡Porque ella reconoció que estaba enamorada de Diego! Bromea Beatriz. Porque un día llega su maridito, continúa Chucho, y ella está cogiendo con el mejor amigo de él en la sala. ¡Noooo! Así, como lo oyes. Bueno, prosigue Diego, no lo vas a creer, cuatro años después me buscó para decirme que no tenía hijos y que quería tener un hijo mío. ¡No es cierto! exclama Beatriz verdaderamente asombrada. Sí, te lo juro, de que las hay las hay. De veras que no te hubiera imaginado nunca haciendo semejante numerito. Pues sí, Beatriz, aunque no lo creas he hecho bastante locuras… y sobrio. ¿Qué -Beatriz se dirige a Pepe y Chucho-, de veras es muy celoso? No, para nada. No, no soy celoso, pero cuando siento celos sé que es por algo, y nunca me ha fallado. Los celosos de pura cepa ven moros con trinchetes en todas partes, yo no. ¿Y te las madreas? pregunta Beatriz en broma. Nunca me he madreado a ninguna mujer, me cae, palabra. A ella tampoco le pegué, sólo la jaloneé, y sí, le debí de haber dado por lo menos un bofetón del carajo, sobre todo cuando me estaba diciendo que yo era un celoso enfermo. Sí me calentó porque yo estaba viendo lo que pasaba. Pero no lo hice.

Después Diego sacó a relucir un escandalito de Pepe y así siguieron hasta que Beatriz dijo que se tenía que ir, Diego le pidió que se quedara. Ella insistió en irse y de ahí no la sacaron. La acompañó a su coche y le insinuó pasar la noche juntos. Beatriz volvió a argumentar que debía llegar muy temprano a la estación de radio. Y además me debes otro programa, así que mejor vete a escribir. Y Diego lo más que pudo hacer fue darle un largo beso y se despidieron y ella le dijo llámame. ¿Ya ves cómo no tienes que estar encerrado en el hospital? Y se arrancó.

XXV

Diego abrió los ojos, tiene pesadez, se desveló y varias veces en la noche despertó pensando en su padre y en María. Obsesivamente, el pensar aún a pesar suyo, en frases que le quería decir a María, le retrasó la conciliación del sueño. Se sentía cansado, pero animoso. Vería a María, harían las paces, y a su papá le quitarían el ventilador, lo resistiría y todo iba a tomar un nuevo rumbo. Se levantó de la cama con esa idea. Eran las 8 de la mañana. Se lamentó de no haberse despertado antes. Vio el despertador y comprobó que sí sonó, que no lo había escuchado. Abrió las ventanas y la luz era espléndida, había un sol de buen humor que generaba un calor tibio en esa entrada del invierno. Diego se metió a bañar y en la regadera cantó una de sus canciones favoritas: *Tiiiiime is on myy siide... yes it is tumturantun tun, tarantaran tan tan...*

Diego llegó temprano a la estación de radio y le permitieron grabar su programa del día.

... Los 3.5 millones de automóviles de combustión interna e industrias en el Valle de México emiten diariamente a la atmósfera alrededor de 14 mil toneladas de gases tóxicos, por lo que es alto el número de decesos relacionados con la exposición prolongada a la contaminación. ¿Se acuerda usted de una adivinanza de la infancia, qué pesa más, un kilo de plomo o un kilo de algodón? Generalmente, al primer impacto los niños piensan que un kilo de plomo. Pues es lo mismo con los gases, quizá no les damos tanta importancia porque apenas los vemos, no los cargamos ¿Se imagina usted lo que son 14 mil toneladas de plomo? Intente verlas, póngalas en su imaginación y todo eso que está usted viendo son los gases tóxicos de un día. ¿Le parece justo? ¿Le parece adecuado para su calidad de vida y la de sus hijos? ¿Se

imagina qué es lo que estamos respirando, lo que está respirando la tierra, la atmósfera?

No lo quiero angustiar, sólo quisiera que usted y usted tomaran conciencia de este grave problema pues a esos gases tóxicos agrégueles 19 mil 850 toneladas diarias de basura, de las que la mitad se deposita al aire libre, contaminando suelos y aguas, y 80% de las más de tres mil toneladas de residuos peligrosos se vierten a la red de drenaje o se abandonan a cielo abierto.

La basura está compuesta predominantemente por papel y plásticos, con el papel no hay peligro; el plástico es prácticamente imposible deshacerlo por métodos naturales. Una bolsa de plástico o un envase se pueden quedar ahí más de 100 años sin destruirse.

Ciertamente, la gran responsabilidad del deterioro climático es de los gobiernos y las empresas. La reversión del cambio climático podría haber empezado hace décadas, desde los primeros avisos al inicio de los años 70, sin embargo los enormes intereses económicos en juego han impedido que se actúe con decisión.

Sin embargo, usted y usted que ahora me escuchan también pueden contribuir a mejorar el ambiente. No nos quita responsabilidad decir que sólo es responsabilidad de gobiernos y empresas. Hay muchas, muchas cosas que a diario podemos hacer para saber que al menos nosotros, usted y usted y yo, estamos intentando cuidar nuestro planeta. Por favor, entre a nuestra página en Internet y ahí descubrirá cuántas cosas sencillas están al alcance de nuestra mano para disminuir esos miles de toneladas...

Mientras él estuvo ahí no llegó Beatriz. Ella había dicho que tenía una junta temprano. Me la saludas, le dijo a Poncho. Le dices que ya le cumplí y desvelado y todo vine a grabar el programa.

El Sanatorio Español había empezado a hervir. Quizá cuando lo fundó, don Pablo Díez no se imaginó lo que habría de llegar a ser. Tenía esa cantidad de movimientos que si no fuera por las personas que aparecen vestidas de blanco o de azul verde parecería un hotel de lujo. Diego llegó a la sala de espera azul de terapia intensiva y ahí sentada, con una revista en las manos, estaba María. Se le paró enfrente.

- Hola, buenos días- le dijo con su mejor sonrisa.

María lo miró unos instantes, en lo que en sus ojos se acomodaba el brillo de esperanza.

- Hola. Parece que vamos a tener noticias hoy.

- Sí. ¿Ya te dijeron?

- Claro. Lo primero que hago es llegar a preguntar… ahorita el doctor está allá adentro. Me dijeron que cuando terminaran nos avisarían.

Diego se sienta junto a ella y saca su agenda.

- A ver, María, de una vez dame tu teléfono…

Diego lo anotó rápidamente

- Ayer en la noche tenía verdaderas ansias de hablar contigo… Quería pedirte una disculpa…

-¿Qué te parece si después de que hablemos con el doctor nos vamos a tomar un café? No nos van a dejar ver a tu papá hasta más tarde, así que podemos aprovechar.

-Me parece bien – y le sonrió de nuevo, con naturalidad.

-Tienes una sonrisa bonita, con un dejo de picardía, que se parece mucho a la de tu padre.

-No sabía

-Pues sí, se parece mucho, y además en muchas ocasiones mueves las manos como él. Es curioso.

-Pues seguramente serán los genes. De esos uno no se salva

-¿Y por qué ibas a querer salvarte?

-No, no, es un decir, nada más.

Diego fue a la caja a preguntar cómo iba la cuenta. Tenía la esperanza de que en unos cuantos días iban a salir del hospital; pensó que todo lo vivido pronto sería un montón de anécdotas que les causarán risa a él y a su padre. Sin embargo, cuando recibió el estado de cuenta, con el corte hasta la noche anterior, se quedó mudo, sin sonrisa alguna. Y más todavía cuando la cajera le sugirió hacer por lo menos un pago parcial porque eran las normas del sanatorio. La miró con perplejidad, como queriendo encontrar en su rostro alguna explicación a una cifra tan aterradora para una persona de sus posibilidades. Ella sólo sacó a relucir su sonrisa acostumbrada para que todo el mundo la considere amable, crea amable al hospital y agradables y normales a todas las cuentas.

Finalmente, después de una lucha encarnizada contra su asombro y su angustia inicial, Diego logró decir un casi inaudible gracias.

-Para servirle.

Sí, ya lo creo que está para servirme. Por este dinero me debieron de haber traído diario una modelo de Penthouse a que me diera por lo menos una mamada y me contara cuentos en las noches.

-¿Te dieron la cuenta?

-Desde luego, María, una bicoca. De todos modos mi cuadro de Pollock tendrá que esperar. Hoy mismo empiezo a lavar ropa y vidrios para ir logrando un descuentito. Yo no puedo pagar tanto.

-A ver, enséñamela...- María tomó la cuenta y le echó un vistazo- ¡Carajo!

- Fue justo lo que quise decir allá abajo, no me salió, simplemente no me salió. Estoy seguro que son las vacaciones más caras de mi papá en toda su vida... y espero que las últimas.

-Pues sí, así es esto. Además han sido dieciseis días de terapia intensiva... y todavía no acaba.

-No, claro, le falta el crucero por las Bahamas con diez enfermeras. Mi American Express no es ni platinum ni golden sino una pinche verdecita de las corrientes, y su Mercurio trae el casco madreado y las alitas quemadas, así que como me pidieron que diera un pago parcial pues voy a dejar totalmente liquidados los guantes de hule, las gasas, y chance y las botellas de suero. Por lo demás luego regreso, que me lo guarden.

María ríe de buena gana.

-¡Qué bárbaro! Lo que no me parece es lo de las Bahamas con enfermeras, pobrecito, que sean lo que quieras, excepto enfermeras. Déjalo que disfrute.

Era imposible no estar a gusto con esa mujer.

-Es que está cabrón, María, perdón, está cabrón. ¡Y todavía falta! Yo en un año no lo gano, por Dios.

-No te preocupes. Todo se va a arreglar.

-Sí. Voy a usar el método científico de comprar unos billetes de lotería y ganarme el premio gordo el próximo viernes, o ganarme el Melate, y todo resuelto.

-No, así no. No te preocupes.

-¿Qué...? ¿Tú lo vas a pagar?

-Si hace falta, sí. Además tu papá tiene con qué hacerlo.

-¡Ah!, ahora resulta que estoy rodeado de ricos. De veras, lo que es ser pobre y pensar que los demás están igual.

-¡Ay, pobrecito, siempre sufriendo, tan desamparado él!

-Y lo que me faltaba, ahora me traes de barquito con lo de víctima ¿no?

-¡Uy, qué rápido pierdes el sentido del humor!

-No, para nada... no me imaginaba que mi papá pudiera pagar esto. Pagar esta cuenta implica tener una buena lana.

-El es más ordenadito de lo que crees, y tiene un seguro de gastos médicos porque le insistí mucho en que lo hiciera. Creo que nunca lo ha usado. Claro, ahorita no podemos ir por él, quién sabe dónde lo tenga guardado; si hace falta yo pago todo y luego le cobramos al seguro, no va a haber problema. Por ese lado estate en paz.

En ese momento el doctor salió del área de terapia intensiva. Diego y María se levantaron inmediatamente y él fue hacia ellos.

-Bueno, don Manuel amaneció mucho mejor que ayer. Anoche no tuvo nada de fiebre. Ya le quitamos el ventilador. Tenemos que esperar hasta en la tarde para cantar victoria, yo estoy más optimista todavía que ayer.

-¿Y cuándo va a poder hablar? – preguntó Diego

-Se va a tardar. Por tener tanto tiempo el ventilador artificial seguramente se le han dañado las cuerdas vocales; se van a restablecer muy rápido. El intentará decir cosas y ustedes no lo van a oír.

-El sí va a poder oír a su hijo.

Diego mira a María con agradecimiento, conmovido.

-Sí, claro. Ya lo ha oído, ¿verdad?– sonriente, el doctor mira a Diego– y ahora más. Por eso no hay ningún problema, ya puede oír todo. Los sedantes van a ser menores, sólo para calmarle el dolor. Si todo va como esperamos, en dos o tres días lo podemos poner en una habitación normal.

-¡Excelente!– Diego le pasó un brazo por el hombro a María unos instantes y como si de pronto se diera cuenta lo retiró.

XXVI

En la cafetería del hospital desayunaron Diego y María. Ella sólo tomó jugo, café y pan tostado con mantequilla. El pidió sus chilaquiles.

Diego quiso hablar de la carta, de él, sin saber cómo, por dónde empezar. Observa a María, le gusta la elegancia de sus movimientos; iba a decirle algo, y se contuvo. Ella esperó. Entendía.

A Diego le ayudó estar de buen humor para bajar la tensión. Aunque no lo dijera, también se sentía liberado de la cuenta. Todo estaba saliendo bien.

-¿Qué estás haciendo, bueno, en qué estabas trabajando antes de que tu papá se enfermara?

-En una mega empresa transnacional... me fui hace tres meses. Somos la generación de la nueva economía, de la crisis impensada.

-¿A cuánta gente quitaron?

- En México poco más de trescientos. Tres mil quinientos en toda América Latina y el Caribe.

- ¡Es una barbaridad!

- Pues sí. Yo les hice un plan demostrando que si reducían en distintos porcentajes los salarios y las prestaciones de los altos y medios ejecutivos, la reducción no tendría que ser de más de mil en toda Latinoamérica. Y no quisieron.

- No lo puedo creer.

- Pues así es, me parece una mamada. Los altos ejecutivos tienen hasta acciones de clubes de golf que en realidad ellos se podrían pagar con la mano en la cintura, así es esto.

- ¿Y a ti te corrieron?

- No, me decepcionó mucho lo que pasó, creo que por primera vez me puse a pensar en toda esa gente. Entre los que corrieron había personas realmente de primera, yo me llevaba muy bien con algunas, y tenían una angustia… Total que preferí irme y logré que me dieran una lanita.

- ¿Y qué vas a hacer ahora?

- Pues intentar seguir un consejo de mi papá. Tratar de ser libre, menos disciplinadito, volver a dar clases. Yo estudié letras inglesas antes del máster de administración, y creo que a eso debo regresar. Tengo un programa de radio en el que muchas veces hablo del cambio climático para intentar hacer un poco de conciencia, son temas que me interesan, no sé si sirva de mucho hablar de ellos…

- Sólo tienes que hacer lo que te haga sentir bien contigo mismo, nada de lo demás importa.

- Pues sí, ya veré. No me voy a preocupar ahorita –Diego suspiró hondo, no quería seguir por ese derrotero de la conversación. María comprendió.

-¿Cuándo supiste que tu padre era Manuel Alatorre, el productor de cine?

-Poco tiempo después de que muriera mi madre, se me cuatrapea el tiempo en el recuerdo.

- ¿Y cómo te enteraste?

- Creo que en sus últimos días mi mamá trataba de decirme algo, pero ya no podía hablar. Después, revisando sus cosas, me encontré una carta de mi papá a mi abuela, y así supe quién era mi papá; imagínate, por una carta perdida, olvidada…

María se le quedó viendo con gran ternura, sin decir nada.

- Casualidades, cosas que pasan – comentó Diego con un dejo de asombro alegre, resabio de la incredulidad ante la sorpresa.

- Tú sabes que no son casualidades. Esa palabra ya deberían de quitarla del diccionario. No existen las casualidades.

- Ah, tú también eres de esa onda.

- ¿Cuál?

- Pues esa… de que todo en el universo está relacionado y que todo sucede cuando queremos y porque queremos y…

- Más o menos. Yo creo en muchas cosas, algunas te asombrarían –lo miró escrutadora-. Me da la impresión de que tú eres medio escéptico.

- Desconfío un poco, sobre todo viendo tanto libro que hay sobre esos temas, me parece como una moda, que la gente quiere que los libros le resuelvan la vida y cosas así, y no es posible.

- No, claro que no. Es como todo, hay libros buenos y malos, hay teorías buenas y malas, unas te pueden volver un mediocre pazguato y otras dar un verdadero impulso y claridad. Mucha gente cree que porque ya se leyó tal o cual libro su vida cambia en automático, y no es cierto, falta la voluntad para cambiar, para entender, para ejercitarse.

-He pensado mucho en tu carta, creo que me impresionó…– Diego hizo una pausa esperando algún comentario, que no llegó-. Nunca he hablado a fondo de muchas cosas con nadie, soy muy reservado. A veces con algún amigo. Con las mujeres siempre he sido muy reservado… es el miedo ese a que todo lo que digas puede ser usado en tu contra.

María sólo lo observaba, no le pasó una muleta, ni siquiera un bastón; él tuvo que seguir caminando solo.

- ¿Por qué me miras así?

-Te estoy escuchando.

-Es que no sé cómo explicarlo.

- No tienes que explicar nada, a mí al menos, no.

- Quizá explicar no sea la palabra… no sé cómo decir lo que siento. .. Llevo mucho tiempo viviendo cosas diferentes, enfrentándome a emociones nuevas, a sentimientos nuevos. A veces ni siquiera sé cómo ser con mi padre. Nos vemos dos o tres veces por semana, y creo que en ocasiones ni él ni yo sabemos qué hacer el uno con el otro. Como que nos escondemos detrás del cine y la literatura o el jazz, con eso nos damos cuerda mutuamente. Poco antes de que se enfermara supe apenas por qué se retiró del cine después de producir *El tren vacío*. En fin, no acabo de comprender por qué no me buscó nunca. Tengo sentimientos muy contradictorios y también pienso que ya estoy grandecito, no soy un niño, tengo cuarenta años, bueno, los voy a cumplir...- Diego sonríe con torpeza-, ya no sé ni lo que digo.

-Sí sabes, Diego, aunque piensas demasiado y le das muchas vueltas.

- Por eso mi reacción el otro día... porque te veo plena, y te veo feliz y claro, es muy bueno también para mi papá, me da mucho gusto, y me caes muy bien... de verdad. Y quizá también me molesté porque me caes bien. Y te agradezco mucho la carta. Luego me di cuenta de que había hecho un berrinche... y tenía ganas de verte y pedirte una disculpa...

-No tienes de qué disculparte- María le tomó las manos a Diego, maternal.

- Quiero que seamos amigos... y que me ayudes con mi padre... no sé bien lo que quiera decir eso ...

-Con tu papá tienes que hablar. Va a haber cosas que no vas a entender nunca, simplemente porque así es, y también tu papá es todo eso de lo que hablas con él. Sí tienes que tener claro que tu papá no te va a abrir las puertas de la felicidad, y tú y yo ya sabemos lo que es ser feliz sencillamente.

-Sí, lo entiendo.

-Lo tienes que encontrar tú, tienes que lograr estar en paz contigo, perdonarte a ti mismo, para colmo de culpas que no son tuyas, y perdonar a tu papá, a tu mamá. Dejar de compadecerte de tu suerte. ¡Cuánta cosa! Porque además me pareces un ser muy afortunado y lo eres. Mira, lo que creo que necesitas es una novia y olvidarte de tanto rollo.

-Sí... creo que tienes mucha razón.

El padre de Diego no sabe dónde está. Quizá deambula en un lugar de su imaginación, en un mundo totalmente ajeno a quienes lo rodean, a esas enfermeras ataviadas de azul pálido, a esos doctores de batas blancas. No entiende qué tiene en las manos y simplemente trata de quitarse *algo* que le molesta. No sabe que son catéteres conectados a sondas que provienen de diversos frascos, que de ellos, en gran medida ha estado dependiendo su vida. Mira a la enfermera que le amarra las manos y sus labios se mueven expresando palabras incomprensibles a las que ella sólo responde que le está amarrando sus manitas para que se esté quietecito y no se vaya a lastimar, sí, claro, ándele, estese tranquilito, no se me agite. Esa rutina de amabilidad con cualquier paciente en las mismas condiciones. Nadie entiende lo que él dice. El no sabe con quién habla, seguramente imagina a otra persona. Al no poder mover las manos su mirada se queda quieta en un horizonte de recuerdo, perdida o vacía. Nadie sabe. Ha estado fuera del mundo muchos días, dormido, ajeno a la realidad. Si ha sufrido, su sufrimiento no ha tenido nada que ver con la estancia en la sala de terapia intensiva gracias a la brujería de la medicina moderna. Los sonidos se transforman en otros contenidos en su cerebro. Ha estado protegido por la inconsciencia, alejado de lo que ha sucedido y regresando a momentos fugaces del pasado o descifrando en un presente incomprensible para el mundo exterior. Cada vez que se le acerca una enfermera la mira con cierta extrañeza como si tratara de saber quién es o quizá confundiéndola con alguien. Si la mujer está bastante tiempo cerca, él vuelve a decirle algo con esa voz inaudible, inexistente en unos labios que sólo se mueven en muecas continuas.

Se queda viendo a Diego y su rostro adquiere un mero gesto de amabilidad.

-Soy yo, papá, tu hijo, Diego

Su padre lo observa intrigado unos instantes y mueve la cabeza negativamente y algo parecido a palabras sale de sus labios. Diego se acerca más creyendo que quizá así escuche. Se da cuenta de que su padre quiere mover las manos y no puede. Su padre vuelve a hablar, su rostro es expresivo; Diego no entiende, no puede interpretar.

-Ya verás, muy pronto vas a volver a hablar bien y nos vamos a entender. ¿Quieres ver a María?

Su padre le dirige una mirada de desconcierto acompañada de un ligero movimiento de la cabeza dando a entender que no oyó o que no entiende.

-Que si quieres ver a María.

Manuel Alatorre abre los ojos y vuelve a mover los labios. Es inútil: sólo él sabe lo que quiere decir.

-Bueno, le voy a decir que venga.

Diego se aleja y su padre lo sigue con la mirada hasta que se pierde. Pasados unos instantes María se acerca a la cama de Manuel. El la ve y sus ojos expresan alegría, una ligera sonrisa aflora en su rostro. Ella se acerca y le da un beso suave en los labios.

-¿Cómo estás, Manuel? Yo te veo muy bien.

El asiente con la cabeza y de sus labios sale un *Vámonos* apenas perceptible.

-No, no podemos irnos todavía. En unos días.

El no se da cuenta de que está en el hospital ni sabe que está enfermo. ¿Por qué? Preguntan sus labios resecos.

-Porque tenemos que esperar a que estés más repuestito – le responde ella acariciándole el rostro.

Vuelve a mover negativamente la cabeza; en sus ojos hay un cierto menosprecio sobre esa que cree hipotética enfermedad y dice algo que ella no alcanza a descifrar.

María se queda acariciándole una mano y la mirada de él se desliza a la ventana que tiene corridas las cortinas y que no ofrece más que un día medio grisáceo, sin horizonte. El vuelve la mirada hacia ella, hay dulzura en sus ojos. Mamá.

- No, Manuel, no soy tu mamá, soy María.

La mirada de Manuel es de desconcierto, de cierto asombro y lentamente se vuelve hacia la ventana.

- El ha estado inconsciente dos semanas –les explica el doctor-. Su regreso al mundo es muy lento. Además, la irrigación en su cerebro disminuyó, sobre todo al principio. Cuando salga de terapia intensiva tampoco va a tener una idea clara de dónde está. Don Manuel va a ver, literalmente, lugares y objetos que ustedes no; él va a creer que está en otra parte, va a confundir a la gente, va a creer que está con personas de su pasado a la hora que vea enfermeras o doctores o afanadoras, o a nadie, bastará con que lo imagine. Puede que piense que está en su casa o también en algún lugar de su pasado, ámbitos que le den seguridad. Ustedes van a tener que devolverlo constantemente a la realidad, de atraerlo a ella, por decirlo de alguna manera.
    -¿Y volverá a estar plenamente bien?
    -Sí, por supuesto, la ayuda de ustedes va a ser muy importante. No se equivoquen. Aunque lo vean recordar algo que lo ponga feliz o que le cause alegría o si ven que cree que está en otro lugar, ustedes tienen que aclararle la realidad constantemente. No le den por su lado.
    -¿Y cuándo lo pondrá en un cuarto normal? – pregunta Diego
    - En un par de días. Mañana tampoco va a poder hablar. Va a ser la misma situación de hoy.
    -¿Puedo entrar a ponerle música?
    -Sí, hágalo.

Apenas se va acercando y su padre, al verlo, ya está hablando de nuevo con determinación, sin saber que nada se le entiende ni se le escucha; intenta mover las manos, que siguen amarradas, como si quisiera hacer ademanes, reforzar sus palabras, indicar algo. Diego se desespera un poco por no entender, le asiente con una sonrisa. Su padre lo mira extrañado.

-Ahora, papá, te toca un poco de música. ¿Qué prefieres, jazz o clásica?

El padre hace un gesto preguntando de qué le habla. Diego le muestra el aparato.

-Te voy a poner este discman con jazz.

Mientras Diego le coloca los audífonos, su padre observa el aparato fijamente, sin entender bien a bien de qué se trata. Intenta ver qué le están poniendo en la cabeza. Cuando siente los audífonos en el oído vuelve a preguntar qué es. Ahora sí le entiende Diego.

-Música, papá, vas a escuchar jazz.

Su padre empezó a oír la música y sonrió con placer. Hizo un gesto de aprobación, otro, amable, para pedir la música en menor volumen. Un ligero movimiento en sus manos llevaba el ritmo.

XXVII

Diego creía respirar distinto. Su cuerpo y sus pensamientos parecían más libres y lo eran. Vinieron a su mente, de una manera rapidísima, los recuerdos e incluso las imágenes de los días transcurridos, de esas tres semanas en las que había vivido una amplia gama de emociones, muchas hasta entonces desconocidas para él, emociones que a la vez parecían lejanas, tenues dibujos a lápiz en unas hojas blancas ahora inasibles, flotando movidas por un viento suave que las alejaba hacia una playa imperceptible en la distancia. La capacidad de adaptación, de olvido y de esperanza del ser humano es ilimitada. Tres días atrás, Diego tenía temores, que algo se complicara en el cuerpo de su padre, en las decisiones de los doctores. Ahora todo ha pasado. La sala de terapia intensiva estaba convertida en una especie de lugar festivo. La sala de espera azul era simplemente el lugar donde transcurrió el tiempo disfrazado de paciencia y esperanza; había perdido su frialdad, su indiferencia. Las dudas y la incertidumbre no tenían cabida en sus emociones, en sus pensamientos; sonreía pensando que en diversos momentos de los días transcurridos se hubiera dejado llevar por ellas. Estaba bien consigo mismo, se sentía como un triunfador capaz de cualquier proeza, refractario a la derrota, al pesimismo, incluso al dolor. Parecían haber desaparecido los enojos, los rencores, las culpas, ya se ocuparía de ellas después si es que resurgían. Así se sentía Diego, como cualquier otro ser humano en sus circunstancias. Lo importante era que su padre estaba vivo y bien. Si me quiere decir algo que lo haga y si no, ya no importa.

Llegó la oscuridad de la noche sin ser tarde, jugarretas del otoño cansado en sus últimos días. No quería estar solo en su casa precisamente porque estaba alegre. Se le antojó un buen vino, celebrar, destensarse, ir a un buen restaurante y cenar como Dios manda. Había perdido lastres. Y se sentía navegar a todo vapor. Hasta llegó a pensar que había exagerado en sus temores, que no había sido para tanto. Todo dolor, todo sufrimiento a la distancia es siempre como un huracán que va perdiendo fuerza en su movimiento; al transformarse en recuerdo se vuelve también una especie de viento tropical que zarandea el cabello, la camisa. Por eso siempre todo nuevo dolor vuelve a tomar desprevenido.

Ahora sí se sentía feliz de haber dejado el trabajo empresarial. ¡Qué se metan sus ganancias y sus afanes de venta por donde les quepan! Se decidió a dedicarse a lo suyo, a sus verdaderas pasiones, a ser más honesto consigo mismo, más libre. Decidió hablarle a Beatriz. ¡Fuera máscaras! Suena una vez… Suena dos veces…Contesta, contesta… tres veces… no me digas que no estás… contesta Beatriz…

-¿Bueno?

-Hola, creí que no estabas

-Pues aquí estoy. ¿Cómo va tu papá?

-Muy bien, todo indica que ya salió de ésta. Estoy muy contento y aliviado.

-Bueno, el aliviado debe ser él. Qué bueno, me da mucho gusto-

-Me gustaría que fuéramos a cenar hoy. ¿Quieres?

Hay un silencio. Ella no responde de inmediato. Diego tiene la ilusión colgada de un hilo.

- ¿Por qué quieres cenar conmigo? ¿Porque te quieres acostar conmigo?

Diego está a punto de contestar que sí, que también quiere eso, ni modo, es la verdad; ella no le da tiempo, suelta una carcajada.

- ¡Pues sí, vamos a cenar, es más, yo te invito! –su tono es burlón, divertido.

- Qué sacón de onda, ya me habías asustado, estaba desconcertado.

-Pues sí, te mereces eso y más. Vamos a cenar a un lugar relajado, a gusto

-¿Los fondues?

-¿A qué horas pasas por mí?

-¿A las nueve?

-Me parece bien. Tocas y bajo.

- No, si toco, pues subo

- Eres un naco vulgar. Nos vemos al rato

-Orale, bay.

El agua en la regadera es un canto, y un juguete en el cuerpo y el jabón se resbala acompañado de la imagen de Beatriz y Diego no puede evitar el cosquilleo que ronda los nervios del deseo, así que una nueva sonrisa emerge. Sí, y también de algún modo, agradecerle que esté ahí. Toda aceptación del otro es una dádiva.
Este es el principio de los festejos. Ya verás, papá, lo bien que la vamos a pasar juntos… A fin de cuentas esta alegría me la estás dando tú.

Por primera vez en todo ese tiempo, Diego estuvo eligiendo cuidadosamente qué ponerse, escogió su ropa con cuidado, dejando atrás los dockers y las náuticas.
Quedó bastante elegante, pero su coche estaba atascado. No lo había lavado en muchos días y la lluvia y el polvo dejaron sus huellas sin vergüenza. Ni modo, a veces no se puede todo.
Beatriz con una elegancia natural. A Diego le hubiera gustado mucho que llevara falda o vestido, para contemplarle las piernas, esas piernas que lo han obsesionado siempre, que ha comparado, que ha buscado en las mujeres posteriores a Aitana y que Beatriz tenía para dar y prestar. Unas piernas sensuales, anheladas, cualquier otro calificativo les quitaría fuerza: ni bellas, ni bien torneadas, ni esto o aquello, sólo así, como él las ha visto. Ella aparece con unos pantalones de lana ligera y una chaqueta de cuadros pequeños y un jersey de cashemire. Nada sexy, lo que

decepciona un poco a Diego que habría preferido una promesa evidente desde el saludo.

El trayecto no era muy largo y sirvió para ir armando la conversación, hacerse alguna broma sin tirarse a profundidad, para que Diego expusiera su alegría y sus proyectos y le hablara de María, esa mujer que lo tenía cautivado y que yo creo que se parece mucho a ti. Y esa frase fue su primer devaneo ante una Beatriz que escuchaba atenta, hablaba poco y él tuvo que ir encontrando las frases con cierta prontitud; el silencio le daba inseguridad porque ya no era el despreocupado que sólo quería acostarse sino un hombre temeroso del rechazo sentimental; ya iban a llegar y ella apenas le habló del portal que está diseñando para apoyar a pequeños empresarios, muy especializado, con el apoyo de la Unión Europea, como una *join venture* social de unos franceses asociados con unos mexicanos, entonces él se ofreció a hacer contenidos para enseñar a la gente a poner sus negocitos, ella por supuesto aceptó, y él aclaró que no quería nada de planta; sí, no te preocupes, le dijo ella, además esa es la tendencia, y ya sé que siempre has sido un vago en realidad y las sonrisas se enfrentaron en un juego de espejos relucientes. Llegaron al restaurante y se sentaron y pidieron un chablis Y ella, por supuesto, ocasionalmente se movía el cabello con la mano derecha mientras lo miraba hablar y conducir y él comprendió que sus temores eran infundados.

Habló otra vez de María y que la historia de amor con su padre le parecía insólita, como de Spencer Tracy y Katherine Herpburn, que se adoraban y nunca pudieron casarse y quiere mucho a mi padre, no sabes cuánto lo admira y lo respeta. Y Beatriz comentó que las mujeres inteligentes sólo pueden ser atraídas por hombres inteligentes, a menos que sólo quieran ejercer su poder, no ser opacadas. O a veces nada más quieren un hombre tierno, amable, y no les importa llevar los pantalones.

Mientras ella hablaba, él miraba de reojo su boca, sus ojos, la forma como movía las manos. Descubría a una Beatriz que no había mirado antes. Intentó besarla y ella apenas respondió con coquetería, se retrajo y de pronto Diego percibió unos movimientos extraños y cuatro hombres con pistola se han metido al lugar y alcanza a decirle a ella que se esté quieta y tranquila y los hombres empiezan a amenazar y a gritar… ¡Al suelo, cabrón! … tú también… y los meseros se tiran al suelo… y todo se vuelve insultos, procacidad, rapidez con la luz disminuida, con los rostros exaltados de los asaltantes, autoritarios, vengativos y los comensales que no discuten ni se exaltan ni se defienden y entregan anillos, relojes, dinero… Tranquila Beatriz, no voltees, le murmura Diego… Los hombres se mueven entre las mesas… No paran de gritar. El grito y el insulto es la intimidación. Las pistolas amenazan… Diego piensa que ojalá nadie se ponga histérico. La menor respuesta de los comensales puede desatar una verdadera desgracia… Son jóvenes, exaltados, uno tiene un rifle… La luz del restaurante, tenue, impide ver sus rostros con claridad… están nerviosos… A una joven le desgarran la blusa para arrancarle una cadena y una medalla… Son lumpen urbanos, violentos. Hay droga en sus ojos. Uno de ellos se acerca a Diego y Beatriz… a ver, tu anillo… ella obedece apresurada… el reloj también, no te hagas pendeja… ¡La bolsa! Toma su bolsa, sin dejar de apuntarles la vacía: no hay nada de valor. Diego lo ve. Llega otro y le apunta a la cabeza… ¡Párate hijo de tu puta madre! Diego se encuentra una mirada inyectada, llena de furia. Agacha los ojos, pendejo. ¿Qué estás viendo, güey?… ¡A ver, el reloj! Con toda calma Diego se quita el reloj y lo entrega. La pistola está a escasos centímetros de su frente… Entonces piensa que nada más eso faltaba, que un balazo en la cabeza acabe con sus esperanzas, con su padre, con él, que un disparo vuelva todo inexistente, porque todo existe si nosotros existimos, que su única posibilidad es la calma y que todos alrededor se mantengan calmados. Comprende que en un instante, mirando el suelo, sin siquiera poder mirar a Beatriz por última vez, se puede acabar su vida, y sería muy triste morir ahí, ante la mirada de Beatriz... ¡El dinero, puto, no te hagas pendejo! Diego saca los billetes y los entrega. Está tranquilo, él mismo se asombra de su tranquilidad. No, no voy a morir. No traigo nada más, si quieres te doy las tarjetas..., Yo ya sabré qué quiero, roto cabrón... ¡Vámonos, vámonos! grita otro... Te salvaste, putito. .. Se me quedan quietos. ¡Al que se mueva nos lo chingamos...! Salen los hombres y un vehículo arranca. La gente se mantiene quieta unos momentos, como si abrieran los ojos después de la pesadilla y tuvieran que despertar, que ubicarse. Los meseros siguen en el suelo. Diego vuelve la mirada a Beatriz que está quieta, tensa y sus manos engarrotadas aprietan con gran fuerza los dos trinchos para la fondue. De pronto estallan las voces y los llantos entre los comensales.

-Ya, Beatriz, ya pasó- le dijo Diego suavemente acariciándole el cabello.

El le toma las manos. Beatriz mantiene apretados los trinchos con enorme fuerza. Ya pasó, y en realidad no pasó nada. Ella empezó a llorar con desahogo. A soltar la adrenalina acumulada en las manos para tener fuerzas.

-Me dio mucho miedo que te dispararan –le dijo lentamente, sin mirarlo- y si lo hacía estaba dispuesta a matar por lo menos a uno... me dio mucho miedo. Dije aquí nos llevan a los dos, pero yo a este lo mato si le hace algo. No sabes, no tienes idea lo que sentí al verte con una pistola en la cabeza. De pronto todo me parecía tan terrible y tan absurdo.

El, conmovido, la abrazó, le acarició la cabeza. Ella tenía el llanto agolpado en la garganta y tomando aire, soltando por fin los trinchos, le dijo:

-Estos imbéciles hicieron que...

Y él la abrazó más fuerte, y le besó las mejillas y sintió en sus labios la humedad de las lágrimas.

El gerente del restaurante se acercó y pidió perdón por interrumpirlos, y les dijo que no se preocuparan por la cuenta, por favor relájense, ya pasó a Dios gracias, y nadie salió lastimado, les voy a enviar un cognac o un brandy, lo que quieran. Ellos le sonrieron agradecidos. La breve comunión de las desgracias.

En un arranque de fraternidad, todos los comensales se comenzaron a interesar unos por otros. ¿Está bien su esposa, le dijo un señor rechoncho a Diego? Sí, muchas gracias.

-¿Ya ves, Beatriz? Ya saliste hasta casada de aquí, no muchas tienen una boda tan emocionante.

Ella ríe casi a su pasar. No seas tonto.

En la puerta del departamento de Beatriz, donde ella no quería que entrara, él hace un nuevo intento por besarla en los labios; ella se alejó casi burlona. Y lo provocó. ¿Quieres entrar? ¿Y a qué quieres entrar? Me asustas. No… mejor no… ¿Y si te vas corriendo? Se le acercó mucho mirándolo intensa, provocativa, sus labios estaban a punto de rozarse. La ansiedad del deseo hacía presa de Diego. ¿Te quieres acostar conmigo? ¿Quieres tu premio por ser tan valiente? Le pone suavemente un muslo entre las piernas. Diego intentó besarla otra vez; ella echó la cabeza hacia atrás, le puso las manos sobre el pecho y lentamente lo acarició. ¿Y te portas bien? ¿El susto no te debilitó? Diego logró atraparla y sus bocas se estrellaron, se comieron entre sí, sin bastarse…

XXVIII

Le gustaba estar en la cama con Beatriz, pegó sus pies a los de ella. Era bueno saber que ella estaba junto a él. Y llegó, abrupto, el zarpazo del recuerdo, la imagen de sí mismo con la pistola apuntándole a la cabeza y aquel energúmeno gritando. Diego vio como en fotografías su propia serenidad, su apuesta. ¿Y si no hubiera ganado? ¿Si aquél engendro del odio y el resentimiento hubiera oprimido el gatillo? Todo estaría acabado. No más recuerdos, no más dolor, no más búsqueda de amor, no más ilusiones, no más papá que buscar y que encontrar. Respiró hondo, diluyó el recuerdo que empezaba a causarle ansiedad y, lo peor de todo, a impedirle disfrutar ese momento con Beatriz a lado.

- Ya pasó, y a Dios gracias realmente no nos sucedió nada. Sólo perdí el reloj, y no importa. Quiero que estés tranquila.

- Sí, yo también quiero, no podía dejar de pensar...

- Y ahora yo aquí con mis rollos.

- No, está bien que me hables. Me siento mejor oyéndote. Si cierro los ojos vuelvo a ver toda la situación, se me revive la angustia.

Diego trató de aligerar la carga. ¿Cómo dicen los doctores? Estamos viviendo un shock postraumático.

- Pues aunque no lo creas tengo la sensación de que en cualquier momento van a
irrumpir aquí mismo, en mi casa, en la habitación.

- No, Beatriz, no te preocupes. No va a suceder.

- ¿Qué sentiste cuando te apuntó a la cabeza?

- No es por hacerme el héroe, de verdad, pero tenía la seguridad de que no me iba a disparar. Si me disparaba a lo pendejo todo se le iba a salir de control. Lo único que deseaba era que nadie se pusiera histérico, hubiera estado terrible porque esos tipos estaban medio drogados.

- Estaba pensando que todo lo recuerdo como si no hubiera sido real, como si lo hubiera visto en una película.
- Pues qué bueno que no fue película porque entonces sí segurito matan a alguien.
- Eres un tonto.

Se quedaron en silencio. Beatriz lo abrazó, se recargó en él, le acarició el pecho y él le acarició la cabeza, el cabello. Se sentía muy afortunado. Beatriz estaba ahí, acurrucada. La vida puede ser mejor que las películas...

XXIX

El padre de Diego no entendía el mundo a su alrededor, hablaba sin parar esperando respuestas que no llegaban porque sus palabras carecían de sonido. Parecía hacerse preguntas que él solo se contestaba. Asentía con la cabeza quizá manteniendo diálogos imaginarios. Diego había logrado que le dejaran sueltas las manos mientras él lo acompañaba e impedía que no se intentara jalar la sonda de la nariz ni los catéteres insertados en las manos. Estaba agitado, excitado porque le habían quitado los sedantes que lo tuvieron dormido casi dos semanas, y en cambio le habían empezado a dar estimulantes para acelerar su recuperación, sobre todo su capacidad de esfuerzo para respirar.
Diego insistía:

-Soy Diego, tu hijo, papá.

-No- le entiende a su padre, la frase siguiente se pierde

-Sí, de veras, acuérdate que te busqué, que nos vemos desde hace tiempo.

Su padre hizo un ademán rechazando que le dijeran tonterías, parecía enojarse y sus palabras emergían inútilmente apresuradas. Se quedó quieto y de pronto le hizo un ademán a Diego para indicarle un tamaño pequeño y apenas se le pudo percibir la la palabra niño.

-No, papá, ya no soy un niño. Tu hijo no es un niño. Soy yo. Ya estás grande.

Por unos instantes Manuel se quedó quieto; en sus ojos apareció una expresión de angustia e impaciencia. Hizo el intento de quererse levantar.

-No, papá, estate quieto.

Su padre insistió diciendo baño, voy al baño, e intentó darle un manazo a Diego.

-No, papá. Es una sensación, tienes una sonda... mira- Diego tomó el tubo de plástico y se lo enseñó. Su padre lo miró sin entender mucho, pero se calmó.

-Señorita, señorita- Diego llamó a una enfermera y ella se acercó.

-Está muy inquieto su papacito, ¿verdad?

-Sí. ¿Tendrá un espejo que me pueda prestar?

-Ah, sí. Tengo uno en mi bolsa, no está muy grande. Ahorita se lo traigo.

Manuel preguntó quién era esa mujer; resultaba más fácil entenderle por el gesto con la cabeza.

-Una enfermera, papá.

Hizo un gesto de incredulidad. La enfermera regresó con el espejo. Diego se lo acercó a su padre.

-Mírate, este eres tú y yo soy tu hijo.

Manuel Alatorre se observó en el espejo, se extrañó, no se reconocía. Volvió su mirada desconcertada hacia su hijo y sus labios se abrieron para decir estoy viejo.

-No, no eres un hombre viejo. Tienes 64 años, naciste en 1944, eres todo un rockero.

La mirada de su padre se desvió buscando la distancia. Se quedó quieto, sin parpadear, lo invadía lentamente una profunda tristeza que Diego percibió, le acarició una mano y en el rostro de su padre surgió una lágrima, lenta y solitaria

-No te pongas triste... todo suce... -Diego se interrumpió, no consideró que sus palabras sirvieran de mucho- te quiero, papá, y ya verás qué bien nos la vamos a pasar ahora que salgas de aquí.

Su padre no reaccionó, parecía no escuchar nada. Diego no podía saber a dónde había ido su mente, en qué pozo profundo había ido a parar o qué distancia intentaba alcanzar. Simplemente estaba lejos, solo y lejos.

Diego se calló y lo observó con ternura y con cierta impotencia por no saber qué hacer. Alcanzó a comprender que su padre decía, casi balbuceando, la palabra Papá.

- Sí, tú eres mi papá – le dijo con entusiasmo; su padre no reaccionó, no volteó, no estaba ahí. Diego no sabía que Manuel pensaba en su propio padre.

Se acercó la enfermera.

-Ya es hora de que salga, más al rato lo dejo pasar otro ratito o a la señora que ya está allá afuera esperando.

-Sí, está bien - aceptó Diego con resignación - ¿Le va a volver a amarrar las manos?

-Pues sí, es que está muy inquieto, pobrecito, bueno, es normal; se las voy a dejar flojitas, no se preocupe.

Diego sonrió con agradecimiento.

-Ya me voy, papá, luego vengo- lo besó en la frente, él lo miró y hubo un dejo de brillo dulce en sus ojos, se mantuvo quieto, como si no quisiera que lo regresaran de sus recuerdos.

-No me reconoce –le dijo a María después de saludarla con una sonrisa de alivio porque no quería estar solo –. Qué bueno que ya llegaste.

-No te sientas mal. Acuérdate lo que dijo el doctor.

-¿Qué tal que se queda así? Es como si hubiera regresado en el tiempo. Me dijo que su hijo era pequeño. Le puse un espejo para que se viera y le entendí la palabra viejo.

-Poco a poco. No te impacientes. El estuvo desconectado del mundo. Nadie podemos saber qué pasó por su cabeza en todo ese tiempo. Ya ves que el cerebro no para nunca, es como el corazón. Dices que no te reconoció, pensó que su hijo era un niño ¿No te das cuenta?

-Sí, está teniendo una regresión y hubieras visto la cara de tristeza que puso, una gran tristeza, nunca lo había visto así, y se fue... se fue después de que vio su rostro en el espejo... quizá no se pensaba tan viejo...

-Quizá también te está negando sintiendo que nunca recuperó a su hijo

-¡Pero aquí estoy¡

-Sí, sí... no sé, a lo mejor él está regresando al tiempo de la esperanza o había regresado y de pronto al verse en el espejo... Ante el rostro desencajado de Diego, María lo abrazó: ya va a acabar, ya verás, muy pronto.

XXX

Manuel dormitaba con una respiración tranquila, y María estaba parada a su lado. Le desamarró una mano y se la acarició con suavidad, le acarició la frente, él abrió los ojos y se le fue conformando una sonrisa amorosa en los labios, que se expresó también con una tenue luz boreal en la mirada.

-Mamá- dijo él con esos labios que se movían arrastrando el silencio. María sonrió.   -   No, no soy tu mamá, soy María, tu novia, tu amante, tu compañera, lo que quieras, no tu mamá.

-Sí, mamá

-No, María. Ma-rí-a. Tú eres un hombre mayor. Tu mamá murió hace muchos años, cuando eras un niño. Tú ya eres un hombre.

En el rostro de Manuel apareció el desconcierto, la duda, soltó la mano que María acariciaba y preguntó con gesto y palabras ¿Cuándo?

-¿Cuándo murió?

-Sí- es por fin, la primera palabra que aunque quedo, se le escucha con toda claridad.

-¡Ya se te va a oír, ya puedes hablar¡

Sin comprender bien a bien el entusiasmo, Manuel sonrió contagiado.

-Ahora sí vamos a platicar como Dios manda...- volver a escuchar la voz de Manuel le dio un jalón a las lágrimas que María tuvo escondidas, encerradas delante de Diego, delante del propio Manuel para transmitir fuerza, entereza, y las puso a rodar, lágrimas que no debían ocultarse, curativas para quien las derrama y para quien las observa-. Ay Manuel de mi vida, no sabes lo que estoy sintiendo. Ahora sí creo que te tengo otra vez, que no te me vas a ir, que no me vas a dejar. Cuánto te quiero, vaquetón. Soy María, Manuel. Tu mamá murió hace años. Tú te quedaste con tu papá. Ahora eres un hombre grande y tienes un hijo.

Al escuchar la palabra hijo él asintió y también a María le hizo la seña de que era pequeño.

-No, ya está grande. El te ha cuidado con mucho amor, con mucha dedicación. Estuvo aquí contigo temprano en la mañana, luego viene otra vez. Y aunque sea todo un hombre, te necesita. Tu hijo te necesita tanto como tú a él.

Desvió el rostro extrañado, la mirada que se aleja, la tristeza que empieza a subir a bordo.

-No, no te pongas triste. Entiende, tienes un hijo que está contigo. Tú estás enfermo. Estuviste muy grave, ahora ya estás bien. No te pongas triste. Ya tienes a tu hijo. Ya lo tienes. Y me tienes a mí, que estoy contigo.

Manuel la miró tratando de entender, sin saber qué decir. En su mente, las imágenes que lo abordan y el tiempo se desordenan, se traspapelan como hojas sueltas de una historia al viento. Esa mujer le inspiraba confianza y afecto, si no era su madre, entonces era alguien que lo quiere y empezó a tratar de encontrar las páginas perdidas, los vasos con restos del vino. No entendía su enfermedad, se sabía acostado. Cerró los ojos.

-¿Estás cansado?

El movió la cabeza asintiendo, y en sus labios estaba lo que podría llegar a ser una sonrisa afectuosa.

-Te voy a dejar descansar. Luego vendrá a verte tu hijo Diego, se llama Diego, mete su nombre en tus sueños.

María lo besó con suavidad en los labios y volvió a amarrar la mano. El le dirigió una sonrisa dulce y cariñosa brotada desde algún lugar indefenso de su memoria.

Cuando María salió, en la sala de espera de terapia intensiva el doctor le explicaba a Diego lo bien que se había recuperado su padre y ella añadió que ya se le empezaban a escuchar las palabras, lo que al médico le pareció asombroso porque él esperaba que sucediera más adelante, y Diego, sin entrar en detalles porque entrar en ellos implicaría tener que hablar de otros detalles, se refirió al desconocimiento y confusión de su padre con las personas.

-No se preocupe, ya le dije, es lógico. Sean claros, no sientan feo por romperle su realidad imaginaria, lo tienen que estar regresando constantemente. Y tampoco se sientan mal si los confunde. Va a ser muy transitorio. ¿De acuerdo?

-Sí, doctor – asintió Diego ante la mirada de María

-Voy a pasar a verlo porque tenemos que hacerle otros estudios, y lo voy a hacer hablar un poco.

- Se quedó dormido- dijo María

-Pues lo vamos a despertar, ya ha dormido mucho. Ahora lo que necesitamos es que esté despierto. Luego vuélvale a poner su música – dijo el doctor con amabilidad y se alejó.

-¿Ya ves, Diego? A mi me confundió con su mamá, y le dije quien era, que su mamá murió cuando él era niño.

-¿Tú sabes de ella, de mi abuelo?

-Tu papá me ha contado que era una mujer muy dulce, siempre muy arregladita, preocupada por su apariencia para agradar a tu abuelo. ¿Has visto fotos de ella? – Diego asiente- era bonita, sin ser una belleza. Era de un pueblo de Galicia que se llama Carballiño, bueno, ahora es una pequeña ciudad, tu abuelo era de otro pueblo, Boborás, en la montaña, y él se iba caminando a verla. Imagínate, tenía que subir y bajar una montaña para ir de un pueblo a otro. Se hicieron novios a los dieciséis años y se casaron a los veinte. Tu abuela enseñó a leer a tu padre…

-¡Qué curioso! – la interrumpe Diego - a mí me enseñó a leer mi abuela…

-Algo les verían a ustedes…, además de quererlos mucho. La mamá de Manuel siempre estuvo muy delicada, desde que huyendo con tu abuelo cuando la guerra civil vinieron a México. Fue el único amor de tu abuelo, y él de ella, como sucedía antes, cuando había gente que sabía amarse sin condiciones y sin miedos.

Tu papá tiene guardadas unas sábanas bordadas por ella, dile que te las enseñe, no sabes qué cosa más preciosa.

XXXI

Los días siguientes acabaron con la incertidumbre y se tornaron divertidos en la espera de la recuperación plena de Manuel. El personal del hospital, incluyendo los médicos asistentes, iban ocupando diversos espacios en la memoria de Manuel. A una enfermera la confundía con una secretaria suya de años atrás y que le colmaba la paciencia. Uno de los doctores, un interno que lo tomaba con bastante filosofía, acabó siendo un burócrata con el que peleó el presupuesto público para su última película, así que no se dejaba hacer nada por él. En varias ocasiones creyó estar en la barra de la cantina donde vivió su infancia y primera juventud y le preocupaba la ausencia clientes, y en ocasiones, cuando entraban dos o tres doctores con alguna enfermera, urgía a Diego, que pasaba a ser un mesero.

- Anda, llévales el dominó y a ver qué quieren beber. ¡Muévete!
- No, papá, no estamos en tu cantina y yo no soy mesero.
- No digas tonterías, no me digas papá. Anda, ve a atender la mesa.

Ante la negativa insistente de Diego, Manuel volvía el rostro a la ventana y le llamaba la atención ese edificio que había aparecido frente a su casa como por un acto de magia.

- No estamos en tu casa, papá, estamos en el hospital.

La mirada de Manuel no regresaba, se quedaba perdida en ese horizonte que golpeaba con un edificio incomprensible. Y hubo también situaciones mucho más desconcertantes. A una enfermera la miró fijamente y le dijo: Pide permiso y vete a tu casa, tu mamá te espera.

-Ay, señor ¿y cómo sabe que vivo con mi mamá?

-Pide permiso y vete a tu casa -le reiteró con una sonrisa para darle tranquilidad.

María observó la situación un tanto asombrada y le sugirió a la enfermera hacerle caso, por su bien, con confianza. La enfermera llegó a su casa y al poco rato murió su madre estando con ella.

Corrió entonces la voz de que el paciente de la 503 tenía "poderes", "es vidente" decían las enfermeras y empezaron a visitarlo con tal de que les diera una orientación, una pista en sus vidas. El padre de Diego no entendía porque nada de aquello era constante. Esa capacidad de ver algo que él tampoco comprendía, surgía inesperadamente. A un doctor le dijo: No te cases, muchacho, no lo debes hacer, esa mujer no te conviene.

El doctor se sorprendió, estaba extrañado, asombrado, si bien encontró cierta lógica.

- ¿Ya vino una enfermera chismosa a decirle que me caso?
- No se de qué enfermera me hablas, yo no conozco enfermeras, pero te casas el

viernes y no deberías hacerlo.

El interno terminó de tomarle los signos vitales.

- Ahora a los adultos les ha dado por decirnos a los jóvenes que no nos casemos. ¡Quién los entiende! – dijo el médico y salió sin darle más importancia al asunto.

El doctor no le hizo caso, sin embargo ya cuando el padre de Diego estaba por salir del hospital fue a verlo para contarle:

-En la iglesia, cuando ella me iba a poner el anillo, se le cayó de las manos. Personas de la primera fila, mis padres, los suyos, mis hermanos, mucha gente se puso a buscar la argolla por todas partes. El sacerdote también buscaba, mi novia y yo lo hicimos. Y la argolla nunca apareció. Tengo miedo, don Manuel, tengo miedo porque la quiero mucho... en fin, hay cosas que no le puedo contar.

-Mala suerte, muchacho- y le dijo una frase que le costó mucho trabajo: procura no tener hijos. Ahora sí hazme caso.

El doctor miró a María tratando de encontrar otra respuesta, una tranquilidad. María le sostuvo la mirada y con serenidad le dijo: así son las cosas, a veces no hacemos caso de las señales, como en las carreteras. El le dijo que no se casara.

Ahora resulta que mi papá es clarividente -le dijo Diego al doctor- con cierta desestimación a lo sucedido.

    -No, no es que lo sea como algo insólito, y no tengo muchas explicaciones para ello, lo he visto con pacientes en estados similares al suyo.

    -¿Qué es, por qué sucede? -

    -Creo que es muy sencillo, o así quiero verlo. Todo el tiempo que el enfermo está inconsciente en realidad está sintiendo, hay un mundo interior que se agita, el cerebro no se detiene nunca. Yo no creo en la inconsciencia completa, creo en una abstracción de ciertos estímulos exteriores, y creo también en una percepción extrasensorial, en una plena libertad del cerebro, sin toda la carga de lo posible y lo imposible que nos enseñan desde niños y de la cual se vio liberado su padre por la forma en que estuvo todos estos días Creo que personas con cierta sensibilidad, porque la sensibilidad emocional acentúa determinadas capacidades, dejan ir sus fuerzas, digámosle así, les quitan la represión y por ello aparece otro mundo, otra dimensión, por llamarle de alguna manera. Un mundo en cuyas honduras no me quiero meter. ¿A qué voy? A que ciertas capacidades de nuestro cerebro se exaltan con la indefensión del sueño, de la inconsciencia. Don Manuel ha podido dar rienda suelta a algunas de esas capacidades todavía inexplicables que muchos tenemos, en las que yo creo, como la telepatía o la transmisión de mensajes mediante energía. Lo más probable es que esa capacidad vuelva a bloquearse cuando esté plenamente conciente, cuando surjan todas las barreras de la realidad, de lo aprendido, de lo que cada uno creemos posible o imposible.

    -Oiga doctor ¿y no le dan ganas de hablar de eso públicamente, de estudiarlo?

El doctor sonrió con la misma complicidad que expresó María al preguntárselo.

-Déjeme decirle que cada vez que veo a una persona mayor haciendo eso, me siento muy bien, es cuando me doy cuenta de que ya se salvó –el doctor hizo una pausa -. Bueno, mientras dure, disfrútenlo. Es asombroso y muy bello a la vez. ¿Qué tenemos en la cabeza? ¿Quién nos lo dio? ¿Por qué a veces sirve y a veces no? Quién sabe... todas las explicaciones me parecen válidas y posibles. Me tengo que ir a hacer mi ronda. Tengo otros dos pacientes que espero que pronto empiecen a *a lu ci nar*– remató haciendo un gesto bromista de misterio.

- Ya vámonos, mamá –la cara de Manuel estaba feliz, iluminada, sus ojos
brillaban- Ya no quiero estar aquí.
La mirada de Manuel estaba fija en la pared azul que tiene enfrente, como si sus ojos y la pared fueran la misma cosa
- Papá, tu mamá no está aquí… sólo….
- ¡Aquí está mi mamá y me va a llevar! ¡Ya no los quiero!
–la expresión de Manuel dejaba entrever a un niño enojado a punto de las lágrimas- yo me quiero ir con ella.
Diego, desconcertado más por la mirada entre anhelo y gozo de su padre que por sus palabras, dirige también los ojos hacia esa pared, quiere ver, quiere saber. Su padre no desviaba la vista. Diego no veía nada y se sentía impotente, a un lado.
- ¿No ves qué bonita está mi mamá? – le dijo Manuel sin mirarlo, sonriendo.
- Sí, es muy bonita – Diego, conmovido, se rindió. Miró a su padre, miró de nuevo a la pared y era tal su afán de comprensión que creyó ver un resplandor apenas perceptible.
- ¡Yo no me quiero quedar, mamá! … ¿Por qué? … Mi papá también se fue, me dejaron solo… Se fue mi hermana. Todos se fueron.

Diego quería desilusionar a su padre, pero se contuvo, algo dentro de sí mismo le indicó que dejara fluir.

- Lo haré mamá, ¿ya no te vas a ir? ¿Le vas a decir a mi papá que venga?

Unos instantes después, Manuel inclinó la cabeza y se quedó dormido, tranquilo, sereno, con una respiración apenas perceptible. Y Diego le acarició la cabeza.

XXXII

Esa tarde Diego leyendo acompañaba a su padre adormilado. Sonó su celular y no reconoció el número. Contestó y se sorprendió al escuchar a Aitana preguntándole por su padre, un poco nerviosa. El respondió con una seca amabilidad, preventiva, hasta que ella le pidió que se vieran, sólo a tomar un café, por favor, le insistió, y Diego aceptó y volvió a la lectura sin querer pensar mucho en la llamada. Pasado un rato su   padre abrió los ojos buscando a alguien. Diego, leyendo, no se dio cuenta.

  -Diego, Diego
Diego se acercó inmediatamente.
  -Dile al niño que no se preocupe, que él no tuvo la culpa, y que su hermanita va a amanecer muy bien, que lo dice Coqui.
  -¿Cuál niño? ¿Quién es Coqui?
    -¡Pues el niño que está ahí, el que me lo acaba de decir!– Manuel quería gritar con impaciencia –. Andale, está sufriendo mucho. Coqui es su amiguito, el niño sabe.
  -Está bien – respondió Diego y salió de la habitación y al final del pasillo se encontró a un niño de siete u ocho años llorando solo, recargado en la pared. Diego apenas pudo evitar asustarse, aquello era demasiado para él. Se le acercó con paso rápido y se puso en cuclillas frente a él.
  -Tu amiguito Coqui me dijo algo para ti. Que no estés triste, que no fue tu culpa y tu hermanita va a estar muy bien mañana. Ya verás.
El niño lo mira con atención y cierta sorpresa. Sus lágrimas empezaron a detenerse y despacio, pegado a la pared, comenzó a moverse acercándose a la puerta de la habitación. Diego le sonrió. Acuérdate, no estés triste, no fue tu culpa, tu hermanita va a estar bien. El niño le mostró un dejo de sonrisa, el brillo de sus ojos había cambiado, abrió la puerta de la habitación y se metió. Diego

se alejó y cuando iba a la mitad del camino de regreso se volvió hacia donde estaba el niño y lo encontró asomando la cabeza; Diego le hizo un ademán de despedida con la mano, sonriendo, y el niño se lo devolvió.

-Hola, Diego, que bueno que ya viniste – le dijo su padre cuando lo vio entrar.

-Ya le di al niño el mensaje –.

- ¿Al niño? ¿Cuál niño?- preguntó Manuel extrañado, sin entender de qué le hablaba su hijo.

Diego y Aitana optaron por verse en otro café. Entre risa y broma Diego le hizo ver que prefería otro lugar para que no lo zapatearan otra vez en el mismo sitio. Aitana un poco apenada le dijo que no, que nada de eso. Y se encontraron en el *Italian coffe*.
Diego estaba sereno, callado, un poco a la defensiva después de las preguntas de rigor sobre su padre y el no trabajo y esas cosas, hasta que Aitana tomó aire y le dijo: Vas a pensar que estoy loca y pues bueno, un poco sí, ya lo sabes… Después de la conversación del otro día y de la forma en que me fui pues he estado muy inquieta muy molesta

– No te preocupes, yo creo que tienes razón, ya pasó, no importa, además me sirvió mucho, de verdad- la interrumpió Diego.
Aitana pareció ignorar el comentario de Diego que, en su tono, pretendía que ella no se sintiera mal. Siguió hablando, eran palabras que había pensado una y otra vez y a las que les había dado muchas vueltas. En realidad, le dijo, no te mereces todo lo que dije, te pido por favor que me perdones…

- Yo ya no tengo nada que…
Ella lo miró a los ojos, su mano se retrajo de un intento por tocar la de Diego. Te eché encima mi enojo conmigo, mis miedos, esa es la verdad…Me siento mal, mi relación que te dije se ha enfriado, no

quiero verlo. Es como si de pronto me hubiera descubierto a mí misma de otra forma, como si empezara a ser otra persona.

Para Diego fue inevitable que Aitana le causara ternura. La veía no sólo triste sino desvalida, valiente y desorientada a la vez, y sin embargo no sabía qué decirle o no podía decirle nada, y ahora era él quien tenía ganas de irse. Resopló y la miró dirigiéndole una sonrisa que también era un poco para él como diciendo no pasa nada, ya no pasa nada y transcurridos unos instantes eligió el camino de intentar hacerla reír un poco contándole las ocurrencias mágicas, así les dijo, de su padre. Hasta que se despidieron al poco rato asegurándose que se hablarían, Aitana le hizo prometerle que lo haría.

Un día todo se desvaneció y el sentido de realidad volvió a imperar en la cabeza de Manuel, en el cuarto de terapia intermedia. Manuel fue el primero en asombrarse de lo que había hecho y dicho, de lo que le contaban.

- No puede ser, me están bromeando... ¡Yo siempre he sido muy respetuoso de las vidas ajenas! – Diego y María soltaron la carcajada.

- Lo importante es que ya estás bien...

- Sí ¿les puedo contar algo en secreto? No lo divulguen porque van a creer que ya me volví loco...

Diego y María se acercaron al sillón para jugar al secreto. Manuel, juguetón, movía los ojos como si fuera a develar un gran misterio, quizá el paradero del cofre del tesoro.

- Andale ya, papá, ¿qué pasó?

- No te vayas a reír. Yo sé que María no se va a reír, tú...

- Te prometo que no me río, papá.

- Me acuerdo de que vi una luz muy intensa, a cierta distancia. Y cerca de ella

unas veces estaban mi padre y mi madre o alguno de los dos, y me sonreían; yo quería acercarme y no podía, entonces ellos se reían con más ganas. Me hacían así, adiós con las manos. Luego veía a mi hermana correr hacia ellos y me daba mucha alegría verla feliz, sana. Me sentía con una gran paz. Ellos se iban y la luz seguía ahí, una luz que no puedo describir, que era muy intensa, una luz que me reconfortaba, y me daba alegría... me sucedió varias veces, estoy seguro.

-   Me parece muy hermoso lo que me cuentas, Diego, mira, hasta se me pone la
piel chinita – Beatriz estaba emocionada.
-   ¿Tú qué crees que haya sido?
-   No sé, no sé… puedo creer todo. Era como si sus padres estuvieran ahí para
decirle que estaban con él, que todavía no se iba a morir. A la mejor esa luz es... una esperanza o, quién sabe, es bonito... emotivo… y con eso me basta.
-   ¿Tú crees en esas cosas?
-   ¿Cuáles cosas?
    - Pues esas que van más allá de la religión, de un mundo desconocido en el cerebro... en fin, otras dimensiones, no sé, hay muchas películas y libros.
    - Yo sí, hace bastante que empecé a creer.
Diego la observó interesado, Beatriz no le parecía una mujer que hiciera caso de esas cosas, la imaginaba más escéptica, muy realista.
-   ¿Por qué me ves así? Tú eres de los que creen que sólo soy frivolidad… trabajo,
ambición….
-   No, no es eso, sólo me sorprende, se me hace raro.
-   Pues que no se te haga, hay muchas cosas que no sabes de mí y hay muchas cosas de las que una no habla porque no sabe cómo va a reaccionar la gente.
-   ¿Un día me enseñas?

- No tengo nada que enseñarte, de verdad. Te platico lo que pienso, lo que creo. Igual y te presto algún libro, hay unos muy serios; yo creo que en principio muchas cosas están en las enseñanzas orientales y en descubrimientos de la física y la biología- Beatriz le volvió a sonreír-. ¡¿Ah, verdad?! Hasta te sorprende que pueda saber cuestiones de física. Se suponía que el culto eras tú.

- No, de verdad, estoy sorprendido porque me agrada que seas así.

- Lo primero que tienes que pensar, muchachito, es que se puede vivir de otra manera, hay muchas cosas que no sabemos, que andan por ahí y que no hay explicaciones que podamos comprender tan fácilmente. A mi sencillamente me resulta sorprendente, maravilloso y lo disfruto.

Por las noches era Diego el que se quedaba con él. Antes de dormir había tiempo de conversar.

-¿Has ido alguna vez al pueblo de mi abuelo?

-No, nunca he ido a Galicia. Soy muy raro, hijo... miedoso, tal vez. Mi padre nunca volvió. Alguna vez, después de la muerte de mi madre lo escuché hablar con tal nostalgia de allá que pensé que volvería un día. Nunca regresó, seguramente le habría causado mucha tristeza hacerlo sin mi madre. En fin, y yo no nunca quise ir solo. Alguna vez, estando en el Festival de San Sebastián pensé en tomar el tren e ir a Galicia, pero deseché la idea. No creo ya poder ir nunca...

Manuel se detuvo como para recordar algo. Miró a Diego con cierta extrañeza.

- ¿Lo soñé mientras estaba enfermo o tú me dijiste que íbamos a ir a Galicia? Resuena en mi cabeza. ¿Me lo prometiste, me lo dijiste, qué pasó?

- Sí, papá, te lo prometí, te lo dije –le respondió Diego emocionado- Sí me escuchabas, papá… ¡Me escuchabas!

- Sí, yo creo que sí, y me acuerdo que escuché música, me agradaba, sentía tranquilidad. Estaba muy a gusto escuchando música.

- ¡Yo te la ponía, papá! Te grabé jazz y música clásica. A Brahms, a Beethoven, a Vivaldi, a Haendel…
Unas lágrimas de alegría le salen a Manuel mirando a su hijo.

- Gracias, Diego, eres una bendición de Dios.

- ¿Viste alguna vez una película que se llamó Sueño de reyes?

-No... ¿con quién?

-Con Anthony Quinn...

-Un hígado encebollado, siempre actuó igual, de griego o mexicano o de lo que quieras...Lo único bueno fue *La strada*.

- Déjame decirte una cosa de esa película. Es de esas que son buenas para uno porque les tomas cariño. Es un griego, tipo Zorba, ya sabes, que vive como puede y que le gustan las mujeres y cantar y bailar.

- ¿Y sale Irene Papas?

- ¡Pues claro¡ - Diego disfruta la malicia del padre--. Quinn tiene un hijo muy enfermo y le habla de la Grecia antigua, de los dioses y los reyes griegos, de la Acrópolis, del Partenón, y tiene la convicción de que si logra llevar a su hijo a Grecia se va a curar.

-¿Y a qué viene?

-Viene a que se me ocurrió que te voy a llevar con María, nos vamos a ir juntos a Galicia, a conocer la tierra de mis abuelos, a la tierra de tus padres, iremos a Santiago de Compostela

Mi madre siempre recordaba un paseo muy largo que había hecho con mi padre a un monasterio muy antiguo, con una iglesia románica, Oseira u Osera, algo así se llama… Nunca fueron al cine cuando eran novios. Para ir al cine tenían que ir hasta Ourense y claro, no los dejaban ir solos. Creo que la primera vez que fueron al cine fue aquí en México…

-Pues hay que ir a ver ese monasterio y esos pueblos y esa montaña ¿eh?

Los ojos de su padre están brillosos, empezó a aparecer de nuevo esa picardía que los hacía alegres y atractivos. Miraron a Diego con amor, con esperanza.

-Acércate, Diego, ven - le hizo un gesto con la mano

Diego se paró junto a él.

-No, más, te voy a decir un secreto y no quiero que nadie escuche.

Diego siguió el juego porque era obvio que nadie los escuchaba. Cuando acercó la cara a su padre, él le dio un beso largo en la mejilla. Diego se emocionó. Era la primera vez que su padre lo besaba.

-Que bueno que existes, hijo. Tu madre tuvo razón, que no se te olvide nunca.

Diego lo abrazó con fuerza y también lo besó.

XXXIII

- Tienes que hablar con él, Manuel, ahora te toca a ti.
- Sí, lo voy a hacer, quiero aclararle todo lo que pueda. ¿Quién decía aquello

de que la verdad os hará libres?

- Se le atribuye a san Agustín, la usaba san Ignacio, aunque en realidad es del

propio Jesús.

- ¡Hombre!

- Las escuelas de monjas dejan algo bueno también... ¿Le vas a enseñar la carta que te mandó su madre?

- No, no creo que haga falta. Sería muy doloroso para él. Cuando Diego apareció y me contó el cáncer de su madre comprendí que ella me escribió sintiéndose desahuciada, por eso me pedía esos meses; seguramente pensaba que para entonces ya estaría muerta... y se fue antes...

- Una mujer especial, sin duda. ¿Por qué no le diría ella la verdad?

- Porque no tuvo el valor, porque de hacerlo de alguna forma se le derrumbaba su mundo.

- Lo que siento es que tienes que ayudar a diego a que se libere. Te necesita mucho, me queda muy claro.

- Lo sé, y quiero hacerlo. Yo también lo necesito a él, debe comprenderlo. Hoy me siento muy feliz, con él... contigo a mi lado.

María lo miró con amor, el tenía las manos sobre los brazos del sillón, ella se acercó, acomodó su mejilla sobre una de las manos de él. Manuel la acarició.

En la televisión de Diego Keith Jarret tocaba *The last solo*, esa improvisación tan legendaria y virtuosa como la de Colonia, mejor que la de Bremen. Bajito, con sus manos nada grandes, se adueña de todo el piano, hasta de las cuerdas y las maderas interiores, tan grande es su ansiedad, su deseo, su éxtasis; abruptamente, también parece jalar las teclas, sus dedos van hacia ellas como si las fuera a arrancar del piano; se dobla, parece un arco humano con una inmensa flecha que es ese enorme piano de cola Steinway, que impasible y obediente produce todos los sonidos, las armonías, las variaciones que él le manda no sólo con sus manos sino con su espíritu, con su amor, con una pasión que lo hace sudar y se lo lleva, con los ojos cerrados, fuera de este mundo, aunque su cuerpo forcejea para que el alma no se le escape; Diego lo mira por momentos, escucha mientras escribe.

Mamá:
Nunca es fácil empezar una carta así, menos para mi que, según recuerdo, ésta es la primera que te escribo en mi vida. Trataré de ser lo más claro y sincero, procuraré no enredarme y tampoco ser melodramático. Sí me hubiera gustado entregártela o decirte todo en persona, pero no puede ser así, sin embargo, estoy seguro de que me vas a escuchar, a entender, a ayudar. Quizá la experiencia que he vivido en estos últimos meses no hubiera sido posible sin tu muerte; fue tu ausencia la que me ha llevado a esto que siento como una nueva vida, como una nueva y diferente puerta que se me abre para llevarme por otros derroteros. Y debo agradecértelo pues de algún modo, aunque en apariencia tú no hayas hecho nada, es el último regalo que me diste.
Encontré a mi papá, he estado con él, lo quiero, me gusta, me cae bien. Estuvo muy enfermo y llegué a sentir una enorme desesperación, un gran miedo por temor a que se muriera y me dejara sin conocerlo de verdad, sin poder darle lo que siento por él, sin poder recibir todo lo que necesito de él. Ahora ya está bien, ya salió y no sabes la alegría que siento. Su enfermedad me sirvió para acercarme a él de otra forma, más humana casi podría decir,

para percibirlo y verlo de otra manera, descubrir parte de su fragilidad y tener conciencia, una mejor conciencia de la mía.

Ahora, mamá, sabré lo que realmente sucedió entre ustedes, lo que fue el secreto mejor guardado de tu vida. Sé que hiciste todo lo que estuvo a tu alcance para sacarme adelante, para educarme, para cuidarme, para hacerme ver la vida como algo hermoso. Mi abuelita te ayudó y a ella debo el conocimiento de la ternura; tú eras cariñosa, pero estricta, a veces rígida, firme; mi abuelita le ponía equilibrio, con ella contaba incondicionalmente. Tú me educabas y ella me consentía. Yo creo que para eso son las abuelas y los abuelos.

¿Qué pensaba ella de tu silencio? ¿Por qué ella tampoco se atrevió nunca a decirme la verdad?¿Odiabas a mi papá? ¿O simplemente sólo creíste que sería lo mejor para mi? ¿No crees que mi opinión, mi razonamiento hubiera sido importante?

Ahora será él quien me diga la verdad ,o al menos parte de la verdad; siempre será sólo una parte de la verdad, la de él, me quedaré sin saber la tuya, tendré que imaginarla, y comprenderte. No te preocupes, sé que debo entenderte, sólo así estaré en paz. No puedo enojarme contigo, no puedo guardarte un rencor que no siento.

Alguna vez me preguntaste si tenía algo que reprocharte y no te contesté nada. Algo por dentro me decía que la historia no estaba clara, también tengo que reconocer que no quise buscarle, rascarle. Tu pregunta, pienso ahora, quizá era una especie de búsqueda, un posible atrevimiento para ver si yo decía algo sobre el tema, creo que fue una pregunta surgida de tu sentimiento de culpa. ¡Ay, mamá, ahora me puedo imaginar cuánta culpa debiste haber sentido por guardar el secreto! Esa culpa que querías justificar diciéndome siempre los esfuerzos que habías hecho por mi, eso me lo decías para tranquilizarte tú, para decirte que habías hecho lo correcto, que no habías fallado como madre. Yo mismo llegué a sentirme culpable por haberte causado tanto sufrimiento, por haberte obligado a tanto sacrificio que imaginaba, intuía o sencillamente tú me evidenciabas.

Te debo mucho, lo sé, nunca podré pagártelo, y ahora quiero liberarme de todos esos sentimientos de culpa, no quiero tener lastres. En este tiempo he comprendido que la culpa estorba para vivir, que amarra la posibilidad de la felicidad como una barca a un muelle, y no, hay que quitarle las amarras, dejar ir la culpa y navegar con el viento a favor. Y yo ahora siento que tengo todo el tiempo a mi favor.

Tú me puedes ayudar, desde donde estés, en paz, porque quiero que estés en paz, guíame, hazlo tú también sin culpas que no tienen caso. Ayúdame también en la relación con mi padre, ahora te toca hacerlo y confío en ti.

Te quiero, mamá, siempre te querré, siempre pensaré en ti y no dejaré de acudir a buscar tu ayuda. Bueno, creo que desde donde estés todavía podrás darme más porque te lo seguiré pidiendo, seguiré acudiendo a ti siempre.

Diego.

Diego volvió la mirada hacia el televisor. Keith Jarret agradecía los aplausos y se disponía al primer *encore*. Siempre que mira el video, Diego no entiende cómo la gente parecía no darse cuenta del esfuerzo de Jarret en el concierto concluido, su esfuerzo técnico, emocional, creativo, y le pedían que tocara más. Jarret accede y de sus *standars* saca su versión única de *Over the rainbow*

XXXIV

Sentado en un sillón, con ese bigote renovado que no le sentaba nada mal porque parecía fortalecer aquellos ojos penetrantes agazapados tras los cristales de los anteojos, su padre bebía lentamente su whisky, lo saboreaba sabiendo que no debía tomar más de uno al día, así que ese pequeño regalo se tornaba un momento de especial placer.

-Creo que cuando me tomaba todo lo que me daba la gana no lo disfrutaba tanto como ahora este solitario del día. No sé cuál de los dos es el náufrago y cuál la isla, si él o yo. En cualquier caso, es una felicidad compartida - y le guiñó el ojo a Diego.

-Me gusta verte tan bien... Cuando tenga tu edad me gustaría mucho tener esa cara de pícaro que no se te quita por nada.

-¿Tú crees que es de pícaro? Yo pensaba que eran cicatrices...

Pasaron unos instantes. Manuel se quedó viendo su copa buscando palabras en los hielos.

- Pues, en fin... vamos a hablar de ti y de mí, de tu padre muerto. ¿Me lo vas a permitir?

- Sí, papá.

- Como una vez intenté decirte, yo me porté muy mal con tu mamá, porque yo, a los veinticuatro años, no me quería casar, no podía hacerlo. No era un asunto de querer o no a tu madre, que sí la quería, yo no podía en ese momento renunciar a lo que consideraba mi libertad. Y no estaba preparado para casarme, para hacer una vida de familia. Tenía miedo, te lo he dicho, un miedo que me duró muchos años, y que no es tan fácil quitárselo. Tenía miedo a sufrir. Ahora sé que cuando se tiene miedo a sufrir se sufre más. Uno puede entender y comprender todo, saber lo que está mal y lo que está bien, lo que se debe hacer y lo que no, pero si no lo sientes en lo más profundo de tu ser, si tu convencimiento no viene desde adentro, es difícil, muy difícil cambiarte, cambiar las cosas que haces. Yo tenía dinero, no mucho. Tu abuelo me había dejado la cantina y una casa muy modesta. El era un poco intelectual o bohemio, así que no era muy bueno para hacer dinero, lo contrario de otros que hicieron grandes fortunas, en fin, él logró ahorrar algo y me lo dejó. Yo quería ser productor de cine, escritor, director, quería ser todo. Ya después la vida y mis propias limitaciones me fueron decantando, como a todos. Ya había escrito mi primer guión, como Dios me dio a entender, después, cuando aprendí más lo corregí mucho; la esencia, lo fundamental, ahí estaba y valía la pena. Me quería ir a Francia a estudiar. Para mí el mundo era algo grandioso que no me ofrecía ninguna atadura. Y yo no podía creármela. Me le escondí a tu madre porque llegó un momento en que ya no podía verla, no podía hablar con ella por muchas razones, que esas sí eran entre ella y yo así que no te conciernen. De todos modos lo que sucedió me dolió. No diga que ella no haya tenido razón, yo también tuve las mías, aunque tal vez menos importantes. No podía irme a París con ella y con un hijo. Para mi era imposible. Toda mi libertad se vendría abajo, empezarían los pleitos, los reclamos, todo lo que sucede en esos casos. Yo no quería casarme por esas y otras muchas razones.

Diego se sentía tenso ante lo que escuchaba; le dolía y no no quería decir palabras irreparables. La verdad no es nunca como uno quisiera, y ahí está la suya. Y a la vez sentía un poco de pena por ese hombre. Su padre se detuvo a sorber el whisky, a tomar fuerzas para seguir contando su historia, la única que podía contar porque era la única que entendía y conocía, la de sus razones, la de su remordimiento.

-Pasaron cuatro años en los que no supe nada de tu madre hasta que un día la llamé por teléfono, no me quiso contestar, lo comprendo – su voz se tornó más pausada, un profundo cansancio parecía haberse apoderado de él, pero tenía que seguir-. Tu abuela me dijo que te llamabas Diego. Quise verte y tu madre no quiso. Tu abuela me contó las decisiones que habían tomado. Te apellidabas como un tío abuelo. Se te diría que tu padre, que desde luego había sido muy bueno, estaba muerto. Que sería lo mejor para ti… No la culpo. Yo no supe o no tuve el valor y la fuerza de defender mi posición, y como te digo, sólo pensar en casarme me daba pavor. Y todo aquello me dolió mucho, pero el dolor no basta… Claro que volví a hablar al poco tiempo, si tu madre contestaba colgaba el teléfono. Unas cuantas veces pude hablar con tu abuela. No hice nada más entonces. Y tenía mucho con qué distraerme o medio olvidarme del asunto. Estaba preparando mi primera película, más con entusiasmo que con conocimientos, a eso sí podía arriesgarme. Bebía bastante, como sabes; también era muy trabajador, mi padre me había hecho muy trabajador. Después decidí mandarle dinero a tu madre, y me lo devolvió, y otra vez, y lo mismo. Ella había tomado la decisión de que tú eras sólo hijo de ella; si yo me había alejado, si no me había querido casar con ella, si ella había pasado su vergüenza sola, su premio y su fuerza eras tú. Y no te iba a compartir. Actuó con dignidad. Finalmente, yo también pensé que era lo mejor para ti.

-Sí, papá, es muy cómodo ¿no? ¿Te das cuenta? No fuiste capaz de irte a parar un día a su casa y decirle y gritarle o lo que fuera. Era un asunto de güevos, papá… y de amor. Y te justificaste pensando: "bueno, yo le dije, ella no quiso, así que ni modo". Papá, no me enojo, de verdad, me da pena, me da mucha tristeza… No te digo que te hubieras casado con ella, lo entiendo, pero me hubieras llevado al fútbol, o al cine o que yo te hubiera podido hablar por teléfono, cosas que hacen millones que no viven con sus padres. Yo también contaba.

-Pues sí, pero así sucedió. Tu madre no iba a permitir que te viera, bien, mal, derecho, torcido, como quieras, así fue. No tiene remedio. Puedes reprocharme todo lo que quieras, y quizá a tu madre, eso no va a cambiar nada. Ya no podemos cambiar nada, nadie.

-Eres muy duro, papá.

-No. Todo esto es real y triste y ni tú ni yo lo podemos cambiar ya... Yo asumí lo que ella había decidido. Que debí haber peleado por ti, haber ido a su casa, en fin muchas cosas, tal vez. Lo único que logré por Navidad fue que cada año aceptaran regalos pequeños que te mandaba, algo grande no lo aceptaba. Al principio te mandaba ropa, después algún juguete hasta que empecé a mandarte libros y con los libros no hubo ningún problema.

-Así que tú eras el de los libros...

Su padre percibe una rendija de alivio en el tono de Diego al utilizar esa frase y sigue hablando con un poco de entusiasmo, como de una nostalgia que escurre como agua fresca sobre una herida.

-Cuando estabas en la universidad, de nueva cuenta quise mandar dinero, siempre me las ingenié para ganar bien en el cine, aunque mis películas no dejaran dinero. Además el dinero ahorrado que me dejó tu abuelo no lo toqué nunca, me hice ese propósito. Tu madre no lo aceptó. Otro de sus orgullos era haberte educado, pagado los colegios, lo que me imagino hizo con mucho esfuerzo. Total que ese dinero lo guardé para ti, lo que quizá no te importe.

-No papá, el dinero no importa, no tiene nada que hacer en esta conversación.

-No lo veas así, no te quiero comprar; no seas infantil... A lo largo de los años tu abuela me mandó algunas fotografías tuyas, no muchas, tengo unas cinco o seis yo creo. Al recibirlas pensaba que era simplemente un gesto amable. Y un día ya no supe más, ya no tuve dirección alguna, tu abuela murió y me imagino que ustedes se cambiaron de casa, o tu madre.

-Sí, es donde yo vivo ahora.

-En fin. Siempre creí que un día te iba a conocer. No sé por qué, no te lo podría decir a ciencia cierta quizá era sólo mi deseo, mi necesidad. No me imaginaba nada en particular: ni reproches ni alegrías, sino simplemente que se tenía que cerrar un círculo.

Con una ligera sonrisa más para sí mismo, de cierta satisfacción al tener enfrente la prueba de que había tenido razón, Manuel Alatorre hace una pausa. Diego no sabe qué decir, en realidad su padre no quiere que diga nada. El desea seguir hablando.

-A veces veo para atrás y creo que fui una persona muy débil que se creyó fuerte. Y también siempre rehuí los compromisos emocionales, afectivos. Quizá porque me crié en un mundo muy pequeño, sin parientes, un poco o un mucho como tú. O porque conocí el dolor de la pérdida. Mi madre murió cuando yo tenía diez o doce años. Cuando murió, el sufrimiento de mi padre era conmovedor, se sentía en el más absoluto desamparo. Sus días eran una penosa lucha contra la tristeza. No dejó de atender el negocio, la cantina, le gustaba ver a sus amigos, pero sus ojos cambiaron para siempre de brillo, su sonrisa parecía perder el rumbo en cuanto afloraba, no sé, como si cada vez que sonreía o reía echara de menos la presencia de mi madre para que ella lo viera sonreír, para reír con ella, como si su risa saliera para irse al vacío. ¿Has leído *Sostiene Pereira*? Te acuerdas que Pereira hablaba con el retrato de su mujer como si estuviera viva. Muchas veces descubrí a mi padre hablando solo, era lo que yo creía, pero no, estaba hablando con mi madre. La tenía al tanto de todo. A veces le consultaba y se quedaba callado como si de verdad estuviera esperando la respuesta, y quizá si la había, sólo él podía saberlo. Sin embargo, a veces, cuando cenábamos y cuando me llevaba a la cama a dormir, me miraba y era como si dijera ¡Qué solos estamos! Realmente se ocupó de mí hasta el último día. Me acuerdo muy bien que cuando volví a la escuela después de enterrar a mi madre, me llevó él y antes me hizo el desayuno, lo que no había hecho jamás, mi padre no movía un plato en la casa. Y en la puerta del colegio me dijo, como me diría los siguientes seis o siete años: Pórtate bien, que tu madre te mira. Y yo empecé a deprimirme. Con los años supe que era depresión esa como tristeza que me entraba. Primero el dolor de la muerte de mi hermana, después el de la muerte de mi madre. El dolor mío y el que me rodeó.

-¿Te das cuenta de lo que me estás contando? Te lo digo otra vez. Me estás hablando de tu padre, de la fuerza que te dio, porque te la dio, es evidente; de un hombre que además, en tus palabras, se me vuelve un abuelo entrañable. ¿Con todo eso, por qué no estuviste?

-Nunca me enamoré, bueno, hasta que apareció María. No permití que el amor naciera o se me metiera. Como buen neurótico pensaba mucho en el pasado y en el futuro y temía volver a vivir una situación semejante a la que había vivido con tu madre. Temía un dolor como el de mi padre. Me prohibí tener hijos, y no creas que sólo por amor o respeto a ti o yo no sé cómo decirle, lo hice para castigarme después de lo que pasó con tu madre y contigo. Si no podía estar contigo no iba a tener ningún otro hijo. Tuve pasiones, esas sí, algunas realmente violentas, pero en el fondo de su corazón uno sabe que son pasiones y las pasiones tienen otro destino, que es el final irremediable y un desgarre profundo. La ansiedad por el otro no es amor, es un desesperado afán de posesión porque sabes, tienes la certeza de que se va a acabar, de que esa mujer no será tuya, que de algún modo tampoco lo es en ese instante, y me imagino que las mujeres sienten lo mismo. Nos estamos desviando a una plática de cantina, que es interesante, pero no hoy.

-¿Y por qué no? Ya puestos en estas… Tú quieres que se me baje el coraje.

-No, Diego. Yo sólo quiero decirte o he querido decirte lo que necesitaba, y tal vez lo necesitaba por mí, sin él tal vez. Me has sorprendido porque como siempre sucede la gente no es como la imaginamos. Me sorprende que te parezcas tanto a mí, no físicamente sino moralmente, anímicamente. Me agrada, claro, sólo quisiera que fueras más feliz, porque no lo eres. Creo que siempre has sido, en general, muy modosito, muy responsable. Te sugiero que no hagas lo que no quieres, que no trabajes en lo que no te guste, eso puede acabar a un ser humano, esterilizarlo, amargarlo. Atrévete a lo que sea, sin culpa, sin miedo y sin mirar atrás.

-Tú tienes a María, te adora.

-Sí, la tengo, a pesar mío. Quiero decir que hice de todo para boicotearme su amor y no lo logré, afortunadamente; ella fue más generosa y más sabia. Y desde luego más decidida. Afortunadamente yo también cambié después de un periodo muy largo, muy doloroso, de ostracismo, o quizá no fue doloroso, fue abúlico. Entré en el limbo, y me alejé del cine. Perdí toda la fuerza y todo el interés.

-¿Por qué me la ocultaste?

-Porque nos estábamos conociendo… pensé que sería duro para ti verme a las primeras de cambio con otra mujer, pensé que no lo entenderías y que sería motivo de raspones entre los dos. Diego observa unos instantes a su padre. No sabe lo que siente en el pecho, no lo puede descifrar. Quiere irse hacia otro rumbo en esa conversación mientras logra comprender bien a bien lo que siente.

-¿Por qué te retiraste del cine? Lo de la depresión nuca me los has dicho. Yo me deprimo mucho.

- Ya lo hablamos, creo que no te convenzo. Me retiré por… no sé exactamente, no sé si por la depresión o la depresión me entró de lleno porque me retiré. Un día ya no me interesó hacer películas, me sentí cansado de todo lo que implicaba, mucha lucha para sacar cada una. Creo que dejé de creer en el valor del cine…

-¿Tú?

-Sí, yo. Y me hundí ya en la depresión, en el desgano total. Un siquiatra me lo explicó todo y me atiborró de medicamentos no para curármela sino para ayudarme a llevarla. La depresión me llegó desde niño, desde que murió mi hermana, uno no sabe qué es hasta mucho después. Bueno, tú ya sabes lo que es la depresión. Y luego con el alcohol, peor. Así que dejé de beber. Un día me encontré a un médico extraordinario, Raúl Mendoza, Y él me curó. Un día deberías verlo. Lo encontré después de aquel accidente que te conté y que me sacudió tanto, que me enfrentó con mi vida ante la posibilidad real de la muerte, a la que alcancé, como esta vez, a acariciarle el cabello, aunque dicen que es calva. Raúl me curó logrando que yo me viera realmente hacia adentro, hacia mis sentimientos, y mis recuerdos. Yo ya conocía a María, pero dejé de verla y finalmente nos volvimos a encontrar y ella acabó de curarme. Me preparé, sin saberlo, para recibirte. Nunca volví a extrañar el cine, ya ni voy. Sólo veo películas en la casa, sobre todo de los clásicos y las de Tarkovsky que son inagotables, como Dios, como los hombres. Y veo al Gordo y el Flaco para reírme. Eso es todo, no necesito más. Y en general prefiero leer y hacer mis anotaciones.

Los sentimientos se le cruzaban a Diego, chocaban unos con otros, se le amontonaban, se le confundían. Se levantó del sillón, dio unos pasos hacia el enorme ventanal y miró el paisaje donde se mezclaban árboles y pasos a desnivel. Vehículos que van y vienen y al fondo una pequeña montaña, un cerro, el Ajusco, que parece lejano, un telón de fondo mal pintado en un escenario inacabable. Ese hombre, al que ahora dirigía su mirada, esperaba. Tampoco daba señal alguna. No envió un guiño, mantenía su rostro sin manifestar nada más que una espera paciente. Ese es mi padre, pensó Diego, un hombre que hizo películas, que ha vivido como ha querido, lo que tampoco acaba de ser totalmente cierto, nadie vive como quiere o como quisiera, todo siempre son meras aproximaciones.
No hay la gran historia, la gran trama. Simplemente todo fue un problema de debilidades, de orgullo… de honra, de desamor, de libertad, de sueños. No hay nada más que descubrir… Y si lo ves fríamente, no hay ningún drama. Ya pasó todo.

Ahí está su padre, vivo, real, ni tan viejo, con los rastros de su cuerpo débil, con una mujer que lo ama. Conmigo. ¡Quién lo iba a decir! Y empieza a sentir cuánto lo quiere, y que realmente todo el tiempo en el hospital quería que viviera porque lo quiere, porque todo lo demás, a fin de cuentas, ya no importa. Se le acerca, le acaricia un poco la cabeza

-Te quiero, papá. Ni modo, me caes muy bien. Te admiro, sí... te admiro.

Y es entonces su padre el que siente una rara humedad en sus ojos.

-¿Me darías otro whisky? Siento algo aquí en el pecho que yo pienso que un whisky me va a caer muy bien. Y como ya no me deprimo... Vamos a romper la regla por esta ocasión.

-Eres un mañoso... Yo también me voy a tomar uno.

Llegó María y observó un instante la situación. Vio los ojos enrojecidos de Manuel, el rostro triste y a la vez sereno de Diego. Se acercó y los besó a ambos.

-Por lo visto estuvo duro... ¡si se vieran las caras!

-Ya pasó – Diego intenta sonreír.

-Eso espero, se los deseo. Ya es hora. ¿No pueden ser más simples? Si quieren me voy, para que acaben.

-No hay nada que acabar, al contrario, tenemos mucho que empezar, María –Diego se siente aliviado con la presencia de María.

-Ya ves que siempre he sido muy hablador y quería hablar con este muchacho que sabe muy poco de la vida – Manuel Alatorre le dedica una amplia sonrisa amorosa a su hijo-. Por cierto, Diego, cuando te vayas toma ese sobre blanco que está sobre mi escritorio... -Diego hace el intento de levantarse e ir por el sobre-. Cuando te vayas, no ahora. Es algo que quiero que leas a solas, en tu casa. También te voy a dar a leer unos textos, de los que te hablé una vez.

- Yo me muero por leerlos, de verdad, tengo mucha curiosidad.

- Pues ya los leerás. Te voy a dar los más recientes. ¡Salud!

XXXV

Diego llegó a su casa. Encendió la luz sin pensar siquiera en la oscuridad. Prendió el aparato de sonido y empezó a escuchar los conciertos para flauta de Vivaldi y se sentó en un sillón. Ya no había nada que saber. En realidad, mucho de lo que ahora sabía, ya se lo había imaginado desde que descubrió que su padre estaba vivo. Y si hubiera algo más no lo sabrá nunca porque su padre no se lo dirá. Así que ya para qué le doy vueltas.

Animado, le habló a Beatriz y le contó lo sucedido, el diálogo con su padre, lo simples que son las historias humanas, con pequeños misterios que a la larga ni a eso llegan, con razones sencillas...

-Ya casi se me quitaron los argumentos para regresar al siquiatra

-Bueno, puedes ir a que te haga afinación, cambio de aceite, cosas de esas. Un buen siquiatra es para toda la vida, como un buen mecánico ¿no? Pero ya olvídate de él. La vida es más sencilla, de verdad. Estuviste a punto de desvielarte.

-¿Qué tal si nos vamos a tomar unos tragos? ¿Vamos al Euro?

- Pues vamos...

- En una hora estoy por ti.

Diego se sirvió un poco de Cocacola abrió despreocupado el paquete que le dio su padre. Eran algunos de sus manuscritos, de sus reflexiones. Empezó a hojear aquellas más de doscientas páginas con textos que no excedían las dos o tres cuartillas. Leía donde caía su mirada

Vida y destino, traducida al parecer no hace mucho al francés, es una novela deslumbrante. Los críticos no deberían temer calificar a una obra moderna como superior a La Guerra y la Paz de Tolstoi. Porque eso es lo que escribió el periodista y escritor ruso Vasily Grossman y nunca logró ver su obra publicada. Todo en esta novela me ha estremecido. Cuando un amigo me la trajo de

París dudé en empezar a leerla ante el peso de sus casi mil páginas, pero una vez que me decidí a hacerlo sólo pude detenerme para reflexionar, para asimilar el contenido de las páginas leídas. Me pregunto por qué será ante la violencia, ante la guerra y sus horrores que el ser humano puede crear las más grandes obras, descubrirse a sí mismo a través de los demás. Con esta novela, el sitio de Stalingrado ha adquirido, para mí, un nuevo significado. Ya no es sólo -¡y miren que era más que suficiente!- la batalla decisiva para debilitar al nazismo, una epopeya desde luego superior a la derrota de Napoleón hacia Moscú; no, gracias a la escritura de Grossman se ha convertido para mi en el encuentro de toda la humanidad posible en cada ser humano, toda la humanidad buena y mala, en la que resulta evidente que la inocencia, la generosidad y la esperanza ocupan un lugar preponderante, quizá el tesoro más grande que hayamos sido capaces de acumular los seres humanos a lo largo de nuestra evolución...

Capítulo a capítulo todo sorprende y pone a prueba la sensibilidad del lector. Si cada movimiento, avance en la trama está plenamente justificado, vamos encontrando aristas particulares en los personajes que amplían su dimensión humana, nos deparan sorpresas porque los vamos conociendo en toda su complejidad, en sus contradicciones; nadie parece de una pieza porque sencillamente nadie lo es. Ah, y con qué sabiduría escapa Grossman de lo melodramático y sensiblero en un espacio propicio para esos deslices...

No cabe duda de que los viejos cineastas como Ford, Fuller, Huston, Rosellini, en fin, todos esos que tanto he querido y admirado siempre, cada día filman mejor, y lo digo porque cada día es más frecuente la estulticia en la imaginación fílmica...

Sin embargo, hoy Clint Eastwood tiene un talento desmesurado; es un artista que ha luchado contra todos sus demonios, como habría dicho Stefan Zweig de haberlo conocido. ¿Y qué será de ese cine cuando Eastwood muera? ¿Acaso Sean Penn? No lo sé, tiene atisbos, pero es demasiado pronto.

Lo bueno de no publicar estas cosas es que nadie podrá acusarme de ser un nostálgico irredento...

En México se ha vuelto a animar la polémica sobre el aborto. Toda mujer, y me atrevo a decir también que todo hombre, tiene derecho a decidir si tiene o no un hijo. Entiendo perfectamente que el producto, como diría un doctor con toda propiedad, está en la mujer y la decisión primera es de ella, pero la opinión de la pareja, si el diálogo sensato es posible, también debe contar.

Estoy convencido de que un hijo no puede tenerse por inercia ni irreflexivamente, mucho menos con el argumento de que es lo normal, lo natural. Un hijo sólo debe venir al mundo si es deseado profundamente y si va a ser sujeto de amor y no víctima de los miedos y frustraciones de sus padres (aunque de todos modos, en mayor o menor medida así sea).

El creer en Dios e incluso en el alma –pues una creencia, para mi, lleva forzosamente a la otra, no me impide estar a favor del aborto. Yo creo que el alma es un soplo divino que va creciendo en nuestro interior, en nuestro ser, conforme avanza nuestra experiencia vital y nuestra conciencia, no está ahí en el instante inicial de una combinación absolutamente química...

Es de lamentar, por otra parte, que habiendo tantos métodos anticonceptivos, hombres y mujeres jóvenes actúen con tanta irresponsabilidad ante la calentura, entonces, con mayor razón, si el producto proviene de un acto irresponsable no debiera perseguirse, sino al contrario, a quien intenta poner freno a su equivocación. Nunca he creído que una mujer vaya feliz a abortar y que el suceso la deje indiferente, seguramente habrá algunas, no la mayoría, claro que no...

Acabo de ver una película que es un garbanzo de a libra, una verdadera aguja en un pajar en la que por primera vez se aborda el tema de la homosexualidad con fuerza dramática y sobriedad. No es el caso del sida en Filadelfia, nada de eso, Ang Lee, en Brokeback mountain aborda la homosexualidad con la dimensión trágica que puede llegar a tener en nuestra sociedad, no sólo en la época en que la historia sucede, sino hoy mismo en un mundo que todavía, a pesar de lo que se diga o de ciertos círculos la rechaza porque no la comprende, porque le tema, a veces creo que porque es un espejo...

A diferencia de lo que muchos puedan pensar, creo que nuestro mundo se hace cada vez más intolerante. Esa llamada tolerancia – término que no me gusta porque tolerar no es aceptar- es más una bandera que una realidad de fondo; mientras se expande en algunos círculos ilustrados, las mayorías la combaten severamente, de ahí el rechazo creciente también a los extranjeros, a las razas diferentes a la propia, la xenofobia es una realidad ante la que no podemos cerrar los ojos ni tener una actitud complaciente, y lo mismo sucede con la homosexualidad que no es otra cosa que una posibilidad real en la condición humana por las razones que sean, pues aún si se tuviera la certeza de que es producto de una determinada fisiología, eso no sería suficiente para que los homosexuales y las lesbianas fueran plenamente aceptados y tratados como cualquier otro ser humano.

Pero ya se me estaba olvidando que quería escribir sobre la película de Ang Lee que, para mi gozo, tiene la fotografía de un talentosísimo mexicano: Rodrigo Prieto...

Hace años por una mera casualidad que el tiempo me enseñó que no había sido tal, conocí al doctor Raúl Mendoza, un hombre de excepción, sin fama alguna y que yo incluiría en mi propio libro – si alguna vez lo escribiera- de Encuentros con hombres notables, robándole el título a Gurdiej y, claro, la concepción del mismo.

Raúl Mendoza es uno de esos seres humanos que existen para ayudar a las almas y que por conocerlas en toda su profundidad optan por la comprensión, por la compasión, por la piedad y no por el juicio, el señalamiento o el rechazo.

A través de las sesiones con él pude encontrar un nuevo sentido a mi vida, reconciliarme conmigo mismo, redescubrirme y, sobre todo, abrirme a la experiencia más maravillosa que puede tener un hombre: el amor, ese sentimiento que implica un enorme compromiso y del que yo había huido siempre por miedo al dolor y a la pérdida...

Descubrí, con azoro y dolor, que estaba enojado con mi madre por haberme sentido abandonado por ella. Su muerte fue para mi la prueba fehaciente de que prefería a mi hermana y se había ido con ella sin importarle cuánto la quería yo, la falta que me hacía, y no regresó nunca a pesar de que yo la extrañaba día con día, noche tras noche. Me encontré a mi mismo teniendo que perdonar a mi madre a los cincuenta años de edad, perdonarla de algo que no había hecho y que yo había llevado cargando y me había causado tanta infelicidad...

Embebido en la lectura, Diego se sobresaltó al escuchar el teléfono. Miró el reloj y ya habían pasado hora y cuarto. Contestó apresurado. Sí, Beatriz, perdón, se me fue el tiempo leyendo unos textos de mi papá que sólo iba a hojear, es más no terminé ninguno, sólo leí fragmentos. Sí, tienes razón, mejor ya voy y ahí te platico.

XXXVI

Aquella noche, Manuel despertó inquieto, con un presentimiento agitándole el corazón, las dudas y la esperanza: sentía que su padre rondaba por ahí; se enderezó en la cama. Casi esperando sus palabras o verlo cruzar la puerta ¿Padre? Preguntó al silencio, todavía en su duermevela. Todo era quietud, silencio. María dormía profundamente, un poco de luz entraba de la calle traspasando apenas las cortinas. A él nunca le había gustado la oscuridad total, salvo la del cine antes de que empezara la película, que le causaba una emoción excitante, una mayor salivación, y ponía sus manos pequeñas de niño en la butaca preparándose para la maravilla que tanto agradecía y que no lograba explicarse. Y su padre ahí junto que a veces, si no cabeceaba, cosa que a Manuel niño lo irritaba y lo desconcertaba, le explicaba algo que él no lograba entender. Ahora lo sentía otra vez ahí cerca de él. Pensó que quizá su padre había ido por él. No quería morir. Mi hijo me ha dicho que vamos a ir a Galicia, a Carballiño y a Boborás y a Ourense, le dijo a su padre en voz baja, al que quisiera ver ahí un momento, no sólo percibirlo; el miedo de la partida inesperada se le mezclaba con la necesidad de hablar con él, de refugiarse en su compañía, de pedirle consejo, de tantas cosas. Se reacomodó en la cama, como si tuviera frío y su padre fuera a abrazarlo. Ay, papá, un viejo como yo, doblado por tu recuerdo, por ese recuerdo que ahora me hace pensar que fui incapaz de acercarme antes a ese hijo mío. ¡Qué no me hubieras dicho, qué manera la mía de traicionarte! Cerró los ojos unos instantes y los volvió a abrir esperando ver a su padre parado a un lado de la cama dándole una señal de consuclo, de paz.

María despertó percibiendo apenas el cuerpo agitado de Manuel. Duérmete, mi amor, le dijo apenas. El se acomodó de lado en la cama, un poco encogido, acurrucándose en ella que lo abrazó y él se dejó como un niño. La inmensa mayoría de las noches de su vida había dormido solo, y ya no quería hacerlo, tenía una verdadera mujer a su lado, a María, que con tanta paciencia lo había tratado siempre, con respeto, con un amor incondicional. No había nadie más que ellos dos en la habitación; cualquier presencia, si la hubo, se había retirado y Manuel se sintió en paz.

-¿Tú crees que nos podamos ir pronto a Galicia, a ese viajecito del que habla Diego?

-¡Claro que sí, ya verás! – le respondió ella y lo besó en la mejilla.

-Sentí que aquí andaba mi padre... me desperté.

-Los padres siempre andan por ahí. Ya duérmete, descansa, dame la mano.

Manuel Alatorre se quedó profundamente dormido, su respiración eran lenta, tranquila. El, niño, de pantalón corto, con una gorra, se detiene ante el tren que acaba de llegar. Como la escalera para subir al primer vagón le queda muy alta apoya las manos y brinca, pone las rodillas en el escalón y se endereza. Con las manos se limpia las rodillas y entra al vagón, corre a través de él, que está vacío. En la puerta que conecta con el otro vagón un hombre sonriente lo espera y le abre la puerta. Sin detenerse, Manuel sigue corriendo por el siguiente vagón que también está vacío, y al final está otra vez el mismo hombre sonriente esperándolo y le abre la puerta. Manuel sigue corriendo hacia el otro vagón y en él sólo están sus padres y su hermana. Ella lo ve y se alegra, corre hacia él y lo abraza; los dos niños se ríen con mucha alegría, hacía mucho tiempo que no se veían. Sus padres los miran dichosos. Manuel y su hermana, agarrados de la mano, caminan hacia sus padres, Manuel abraza a su padre y se sienta junto a su madre, recarga la cabeza en el pecho de ella que le acaricia los caballos. El tren inicia lentamente la continuidad de su viaje.

CORTE